KB166975

오
래
된
불
씨

오래된 불씨

고금란 소설집

호밀밭

차례

오래된 불씨

마지막 공연이 모두 끝났다. 보랏빛 커튼 뒤로 무대가 사라지자 객석에서 앉아있던 사람들이 웅성거리기 시작한다. 객석이라고 해 보아야 시멘트 바닥에 플라스틱 의자를 늘어놓은 것이 전부다. 잠시 닫혔던 커튼이 다시 열리면서 십여 명의 출연진들이 한꺼번에 나와서 배꼽 절을 한다. 이어서 저녁 공연을 진행했던 올백 머리에 흰 턱시도 차림의 사회자가 마무리 인사를 한다.

"이렇게 늦은 시간까지 자리를 함께 해주신 여러분께 심심한 감사의 말씀을 올립니다. 부디 남은 시간도 행복하게 보내시고 내일 오후에 건강한 모습으로 다시 뵈올 것을 약속하며 저희들은 이만 물러나겠습니다. 여러분, 고맙습니다. 안녕히 가십시오."

몇몇 관객이 손을 흔들며 화답한다. 불이 켜지자 서둘러 일어나는 사람들로 장내는 시장 바닥처럼 소란스럽다.

반천 댁도 느릿느릿 자리에서 일어난다. 요즘 들어 처녀 시절로 돌아간 듯한 기분이거나 대상도 없는 그리움에 빠져들 때가 많아졌다. 눈먼 새도 돌아보지 않는 나이에 관심을 줄 사람이 있을까마는 갈수록 겉모습에 신경이 쓰이고 젊은 남자에게 시선이 간다. 연둣빛 안개가 사리사리 피어오르는 속내를 들킬까 봐 콩콩 헛기침을 하면서 사람들 뒤에 따라붙는다.

　〈xx홍보관〉

　이라는 간판이 붙은 출입문을 나서는 할머니들의 볼에 너나없이 홍조가 깃들어 있다. 건장한 사내들이 안내를 하고 있지만 행동이 굼뜬 늙은이들이 자기 집 방향으로 가는 차량을 찾느라 시끌벅적하다. 모단 마을 사람들을 태운 봉고차는 일찌감치 떠났는지 보이지 않고 같이 가자던 너실 댁은 무슨 얄망을 떨고 있는지 나올 기미가 없다.

　"쯧쯧. 매일 웬 작별인사가 저리도 긴지… 늦게 배운 도둑질 날 새는 줄 모른다더니…"

　반천 댁은 부러움 반 질투심 반으로 콧방귀를 뀐다.

　밀양 판실 마을에서 모단으로 시집온 너실 댁은 생김새나 행동거지로 보아 필경 처녀 때 똥구멍으로 호박씨께나 까고 다닌 것이 분명하다. 그러지 않고서야 남자 단원들

앞에서 저리 요조숙녀처럼 굴 리가 없다.

박 목수도 보이지 않아서 반천 댁은 혼자서 걷기로 마음먹는다. 그쪽 방향으로 걸어가는 일행들이 제법 있으니 십여 분 정도 운동한다고 여기면 된다. 반천 댁은 설탕과 화장지, 계란판 등을 손에 든 한 무리의 노인들 틈에 끼어 절뚝절뚝 걸음을 옮긴다. 같이 가는 사람들도 몸이 불편하기는 너나없이 비슷하다. 다리가 휘어 좌우로 몸을 흔드는 사람, 유모차를 밀고 쪼작 걸음을 걷는 사람, 오리처럼 뒤뚱거리거나 한쪽 수족을 쓰지 못해 비틀걸음을 걷는 사람, 다들 어두운 길에 제 앞길 가늠하기 바빠서 말이 없다.

십여 년 전만 해도 대체로 반듯하던 이웃들이다. 사람은 왜 나이가 들면 이렇게 몸이 무너지는 걸까? 머리카락은 왜 희어지고 이는 또 왜 빠지는 걸까? 말이 잘 들리지 않고 눈이 침침해지는 이유는 무엇일까? 어긋난 자식처럼 말을 듣지 않는 이 몸을 어찌 내 몸이라 할 수 있겠나. 하지만 반천 댁은 어리석은 이런 질문에서 금방 빠져나온다. 가을걷이가 끝났으니 내년 봄까지는 등 따시고 배부르게 놀 일만 남았다. 당장 다음 주에 읍내 교회에서 가는 공짜 관광이 있으니 얼마나 신나는 일인가. 지난봄에는 무려 다섯 대의 버스가 공짜로 온천을 다녀왔다. 궂은 일을 도와주는 읍내 교회 집사님은 대놓고 예수를 믿으라고 하지 않지만 집에 도착할 무렵이면

"이번 일요일에 교회 나오실 분 손 들어 보세요."

하고 묻는다. 하지만 대부분 창밖으로 눈길을 주거나 자는 척 흘려듣는다. 적당하게 물건을 팔아 줄 형편만 된다면 교회보다 가설극장이 훨씬 좋은 놀이터다. 재미로 따져도 교회보다 가설극장이 더 나은데 문제는 물건값이 너무 비싸다는 것이다. 어쨌든 반천 댁은 열흘 뒤에는 무엇이든 하나 팔아주어야겠다는 생각을 하고 있는 중이다.

"벼룩이도 낯짝이 있는데 양심을 속이면 안 되지."

그도 그럴 것이 그동안 선물로 받은 것만도 만만치 않다. 가설극장에 등록을 하면서 발급받은 출입증을 보여주면 천 원짜리 쿠폰을 한 장씩 준다. 그 쿠폰으로 계란 한 판과 바꿀 수 있고 두 장을 내면 만 원짜리 화장품을 주니까 엑기스 한 상자 정도는 팔아주어도 손해 볼 것이 없다. 게다가 처음 너실 댁을 따라가는 날은 그릇 세트까지 받아오지 않았는가.

반천 댁과 너실 댁은 가설극장에서 사랑 팀 회원에 속한다. 믿음 팀, 건강팀을 맡고 있는 팀장들은 하나같이 명

랑하고 싹싹하다. 게다가 팀별 박수치기와 트로트 대항전 등 오락게임을 할 때는 송장도 일어나 춤을 추게 할 만한 재주꾼들이다. 그런데 다른 것은 절대 지는 법이 없는 너실 댁이 노래자랑 시간이 되면 슬그머니 빠진다. 요즘 세상에 노래 한 곡 부를 줄 모르는 사람이 있느냐고 잡아당겨도 뒷걸음을 치는 것을 보면 음치라는 병이 있기는 있는 모양이다.

어쨌거나 반천 댁은 가설극장에 나가고부터는 마을 경로당에 갈 일이 없어졌다. 그동안 경로당에서 하는 일이란 화투장 만지거나 말시비로 시간을 보내는 것이 전부였다.

"와 이렇게 안 죽노? 늙으면 적당한 시기에 가야 하는데…"

"그렇키! 자는 잠에 가면 얼마나 좋겠노? 자식들 고생 안 시키고…"

거동이 어려운 손위 노인들이 입버릇처럼 주고받지만 속이 훤히 보이는 소리다. 그리고 자신이 아직은 그 조에 끼일 나이가 아니라는 사실에 안심한다.

"하기사 나도 예전 같으면 고려장을 할 나이지…"

사람들이 하나둘 자기집이 있는 골목으로 스며들고 반

천 댁은 홀로 걷는다. 마을로 들어가는 입구는 주광색 가로등이 대낮처럼 휘황한데 고갯길은 예나 지금이나 어둡다. 오르막길에 접어들자 목에서 고양이 소리가 난다. 나무둥치를 붙들고 숨길을 가다듬는데 뒤에서 부르는 소리가 들린다.

"반천때기야, 뭐가 급해서 그리 불러도 모르고 내빼는 감?"

너실 댁의 목소리에 반가운 마음도 잠시 떫은 감을 씹은 것처럼 대꾸한다.

"내빼다니? 내가 무슨 죄를 지어서 내빼는가? 말을 해도 원…"

너실 댁도 오르막이 버거운지 허리에 두 손을 얹고 가쁜 숨을 내쉰다. 땅에 내려놓은 종이가방에 흘깃 눈길을 보내면서 반천 댁은 혼잣말로 투덜거린다.

"저년은 오늘도 사람을 데려갔으니 그릇 세트를 받았겠지. 게다가 제일 먼저 오가피엑기스를 두 상자나 샀으니…"

너실 댁은 그 물건을 딸과 아들들에게 떠넘길 것이다. 원래는 딸 둘에 아들이 세 명이었는데 맏이가 군대에서 사고로 죽었다. 그 바람에 매달 연금을 받으니 죽은 자식이 큰 효자질을 하는 셈이다. 들리는 말로는 자식들 집에 건강식품을 가져다줄 때마다 꼬박꼬박 돈을 받아낸다는데 참다못한 막내아들 내외가 약장사를 고발하겠다고 나섰다. 그러자 너실 댁이 식음을 전폐하고 사흘 동안 드러누웠으니 결국 둘째 아들이 엄마가 병원에 간 셈 치자며 동생을 달랬다는 소문이다.

"매니저가 자가용으로 입구까지 태워다 주던데 같이 타고 오지 왜?"

너실 댁이 소리친다.

"흥!"

반천 댁의 코웃음 속에는 내가 그 정도로 얌체 없는 사람이 아니라는 뜻이 담겨있다.

"참 잘하제? 내일은 변 사또를 잡아들일 낀데 내가 그 못된 놈 혼나는 꼴을 봐야 속이 풀리지."

그건 사실이다. 춘향전이야 다 아는 이야기가 아닌가? 그러나 거지꼴을 하고 나타난 이 도령이 암행어사로 변신하는 마지막 장면은 아무리 봐도 재미가 있다. 각설이 타령이나 만담과 마술을 보는 재미도 쏠쏠하지만 가설극장의 백미는 역시 연극이다. 하지만 딱 재미있는 순간이 되면 끊고 나와 물건을 판매를 하기 때문에 기다리는 시간이 너무 길다.

심청전을 공연할 때 주인공을 하던 여자가 이번에는 춘향이 역을 맡았는데 어찌나 연기를 잘하는지 여기저기 코를 훌쩍이는 소리가 가득하다. 사람들은 그 여자 단원을 심청이라고 부르며 딸처럼 친밀하게 여긴다. 반천 댁은 가끔 저렇게 재주 많은 여자를 데리고 사는 남자가 궁금하지만 알 재간이 없다. 내일은 일찌감치 앞자리를 차지해야겠다고 마음을 다지는데 너실 댁이

"사내들이란 젊었거나 늙었거나 열 계집 마다않는다더니… 변 학도 그 나쁜 놈, 내일이면 혼구멍이 나겠제?"

하며 언성을 높인다.

"와 애먼 사내들을 끌어넣고 야단일꼬?"

뒤에서 박 목수의 칼칼한 목소리가 들리는 것을 보니 같은 차를 타고 온 모양이다.

"아이고, 저 화상! 꼴에 사내라고…"

너실 댁은 반천 댁이 들으라는 듯이 종알거린다. 홀아비 박 목수와 너실 댁이 그렇고 그런 사이라는 것은 동네에서 다 아는 일이다. 일흔이 한참 넘은 나이에 살 섞는 일이 가능할까 마는 너실 댁이 전에 없이 오리 궁둥이를 흔들고 다니는 꼴을 보아 제법 죽이 맞는 모양이다. 서방

죽고 첫 제사도 지내지 않았는데 사내와 무릎맞춤을 하고 다녀도 욕하는 사람이 없다. 게다가 자식들도 은근히 반긴다니 세상이 좋아졌는지 말세가 되었는지 알 수 없는 일이다. 어쨌거나 반천 댁은 두 사람이 히히대는 꼴을 보면 비위가 상하고 짜증이 난다.

"춘향전이라는 것이 모두 지어낸 이야기 아이가? 요즘 세상에 춘향이 같은 열녀가 어디 있을라고? 기집들이 더 색을 쓰고 다니는 판에?"

"지어낸 이야기라니? 지난번 남원으로 관광 갔을 때 춘향이를 모셔놓은 사당까지 보고 왔으면서?"

"그거야 사람 불러들이려고 만들어 놓은 것이지."

"아무려면 없던 일을 꾸며서 사당까지 만들까?"

반천 댁은 더 이상 할 말을 찾지 못해 애꿎은 박 목수에게 시비를 건다.

"손이 묵직한 것을 보니 오늘도 사람을 끌고 갔던 모양이네? 재주도 좋다."

너실 댁이 냉큼 말을 받는다.

"재주가 있어서 사람을 데리고 가나? 좋은 구경 가르쳐 주는 거지. 여기저기 다녀 봐도 약장사만큼 재미있는 구경이 어디 있던가?"

"그리 좋으면 약 장사로 나서지 와?"

"내가 마, 십 년만 젊었어도 그러고 싶다마는…"

"홍, 무슨 재주가 있어서? 노래를 부를 줄 아나, 젊기나 하나."

자칫 말다툼이라도 생길까 박 목수가 어깨를 슬쩍 누르며 앞질러 가는 바람에 너실 댁이 입을 다문다.

따라가고 싶다는 말은 진심이다. 언양 바닥에서는 모르는 일이지만 처녀 때 노래 잘한다고 소문이 자자했던 너실 댁이다. 명절날 콩쿠르 무대에 서면 총각들이 밤새 잠을 이루지 못했다는 말이 들리고 어른들은

"아이고 저 가시나. 시집가서 얼라 키우고 살겠나."

하며 쑥덕거렸다.

어느 날 밀양 시내에 제법 유명한 유랑극단이 들어왔다. 하루도 빠짐없이 가설극장을 드나들던 그녀는 단원들과 친해졌고 떠날 때 보따리를 싸 들고 나섰다가 부모에게 들켜 긴 머리채를 잘렸다.

"우리 집안에 딴따라가 없는데 어디서 저런 것이 태어났는지…"

아버지는 인근 혼사를 마다하고 서둘러 아홉 살이나 많은 남자에게 시집을 보냈다. 지금이야 터널이 생겨 쉽게

드나들 수 있지만 그때만 해도 가지산이 태산처럼 가로막고 있어서 친정걸음이 어려운 시절이었다.

"복자야, 괜안타. 지나간 것은 어떤 것도 다 괜안타. 그런데 이제 시집을 가면 죽어도 그 집 귀신이 되어야 한다. 알겠나? 여자는 그저 남자 사랑받고 자식 낳아 잘 키우면 되는 기라."

시집가기 전날 밤 하던 어머니의 당부를 철칙으로 여기고 옆도 뒤도 돌아보지 않고 살았다. 그러다 보니 노래를 잊었다. 농사꾼인 남편이 워낙 고지식한 데다 다섯 자식 키우며 사느라 그럴 시간도 없었다. 어쩌다 마을에서 관광을 떠나도 왁자한 분위기 속에서는 노래 부를 마음이 내키지 않았으니 스스로 담을 쌓았던 셈이었다.

작년 봄에 오십 년 동안 한 이불을 덮고 살았던 남편이 세상을 떠났을 때 너실 댁은 한쪽 날개를 잃은 슬픔 속에서도 자신을 옭아매고 있던 사슬이 풀리는 해방감을 느꼈다. 아내밖에 모르는 외골수였지만 집사람이 무엇을 원하는지 전혀 모르는 벽수 같은 사람이었다.

그에 비하면 박 목수는

"너실 댁, 내가 뭐 도와줄 일 없능교?"

하고 물었을 때 바로 노래방에 가고 싶다는 말이 나올

정도로 만만하고 배려가 깊은 남자였다.

"노래방? 노래 연습하려고?"

박 목수는 소문이 날까 봐 울산까지 가서 노래방을 잡았고 너실 댁은 몇 시간 동안 숨도 쉬지 않고 노래를 불렀다.

"너실 댁, 내가 남한 천지 돌아다니면서 산전수전 다 겪었지만 이렇게 노래를 맛나게 부르는 사람은 보지 못했네. 아이고, 이 사람아. 이 불덩어리를 가슴에 안고 어찌 살았는가? 내가 이제 자네 팬이 될 터이니 원껏 한껏 쏟아놓게나."

하며 등을 쓸어 주었다.

너실 댁은 그렇게 물꼬를 터 준 박 목수가 고마웠다. 평소에 마을 과붓집 일이라면 궂은일 험한 일 가리지 않고 돌봐주는 터라 반천 댁과 살림을 합쳤으면 좋겠다고 생각하고 있었는데 부부 인연은 따로 있는 모양이었다. 하지만 자기는 시시한 장소에서 노래를 부를 사람이 아니라는 생각은 지금도 변함이 없다.

그날 밤 그 남자가 말했었다. 가수는 열정을 안으로 삭이고 삭여서 가슴 속에 용광로를 만드는 사람이라고. 노래 한 곡에 그 용광로를 모두 비워야 한다고. 그래서 아무 데서나 노래를 부르면 안 된다고. 그 말이 무슨 뜻인지 정확하게 알 수 없지만 한 번도 잊어본 적이 없다.

너실 댁은 요즈음도 간간이 텔레비전에서 그 남자 가수를 본다. 세월을 비껴갈 수 없는지 예전의 모습이 아니지만 그윽한 목소리와 귀티가 나는 표정은 여전하다. 함께 서울로 가자면서 속삭이던 뜨거운 입김이 아직도 귓불에 남아있어서 잠시 스쳐 간 인연이라 여기기에는 그림자가 너무 큰 사람이다.

읍내 변두리에 가설극장이 들어서는 날 너실 댁은 그 남자를 보았다. 한때 반짝인기를 누렸던 연예인들의 사진으로 도배를 해놓은 외벽 중앙에 그의 사진이 걸려있었다. 그 뒤로 너실 댁은 가설극장에 갈 때마다 행여나 그 사람을 볼 수 있을까 가슴이 뛰었고 그 설렘은 지금도 여전하다.

오후가 되면 확성기에서 노랫가락이 흘러나오기 시작하고 그것을 신호로 이백여 평의 창고 속이 비좁을 정도로 사람들이 모여든다. 구수하고 걸쭉한 입담으로 관중을 웃기고 울리던 떠돌이 약장사에 대한 기억과 그리움 탓이다. 봉사 차원으로 전국 순회공연을 하는 단체라고 자신들을 소개하지만 이름도 생소한 건강식품으로 노인들 용돈을 넘보는 것을 모르는 사람이 어디 있을까?

노인과 코흘리개 아이들을 상대로 하는 장사는 손해 보는 법이 없다는 말처럼 그들은 그저 쌈지 속에 꼬깃꼬깃 숨어 있는 돈을 노리는 장사치들이다.

반천 댁의 경우, 몇 년 전 허리 디스크로 심한 고통을 받았다. 수술이 무서워서 미루고 있던 차에 누군가가 의료기 무료 체험실에 가 보라고 권했다.

"한 달만 사용하면 거짓말처럼 낫는다니까."

과연 의료용 침대는 가만히 누워만 있어도 온몸을 두드리고 만지고 주물러 주는 요술 방망이였다. 반천 댁은 부지런히 체험실을 드나들었는데 무료로 치료를 받는 것이 미안해서 기능성 속옷이니 건강식품들을 사게 되었다.

어느 날 원장이 체험 사례를 발표해달라고 부탁하는 바람에 사람들 앞에서 있는 그대로 말을 했을 뿐인데 큰 박수를 받았다. 그런 일이 있은 뒤로 체험실에 가는 것이 마냥 즐거웠다. 하지만 많은 사람이 차례를 기다리는 바람에 치료를 받지 못하는 날이 많아서 구입해야겠다고 마음먹었다. 펄쩍 뛰던 자식들은 결국 수술을 받는 셈치고 침대를 사 주었다. 그런데 희한하게도 집에서 사용하자 효과가 점점 줄어들더니 다시 통증이 시작되었다. 병원으로 갔더니 간단하게 시술할 수 있는 시기를 놓쳤다고 의

사가 고추 먹은 소리를 했다. 그 바람에 침대는 자리만 차지하고 수술은 수술대로 받아야 했으니 지금도 자식들에게 면목이 없다. 그러나 반천 댁은 마음이 편하면 몸도 나을 것이라고 믿는다. 즐거운 시간을 보내면 아픈 것이 줄어든다고, 살다 보면 한 번쯤은 좋은 날도 올 것이라고 믿는다.

가설극장에는 시시비비가 끊이지 않는다. 자리다툼은 늘 일어나고 가끔은 자식들이 부모가 산 물건을 들고 와서 말썽을 부리는 경우도 제법 많다. 어제도 젊은이들이 몇 명 찾아와서 파출소에 고발하겠다고 언성을 높였다. 하지만 단원들은 별다른 대응을 하지 않는다. 그런다고 반품을 받아주거나 물건 값을 돌려주었다는 소리도 듣지 못했다. 딱한 것은 화근이 된 노인만 점이 찍혀서 눈치를 살피게 되니 불효가 따로 없다.

불이 꺼진 가설극장 안이 적막하다. 무대 옆에 붙은 사무실에 둘러앉아 있는 단원들의 표정도 침울하고 어둡다.

"두 달 남았군."

검지로 스마트 폰의 캘린더를 검색하던 보스가 말한다.

"알고 있습니다. 설을 보내고 열흘 뒤에 철수합니다."

"이게 실적이야?"

"죄송합니다."

"죄송? 알면서 이따위로 일을 해?"

"분위기가 좀 그렇습니다. 인근 교회나 읍사무소에서 개설한 문화센터 쪽에 좋은 프로그램들이 있다 보니... 그쪽에 재미를 붙인 사람들은 좀체 오지 않습니다. 요즘은 노인들도 의식이 워낙 높아져서..."

"그걸 지금 말이라고 하고 있어? 방법을 찾아야지 방법을. 어려움을 겪는 것이 여기뿐이야? 더 힘든 상황에서도 다들 장사만 잘하고 있는데..."

보스가 이마를 찡그리며 단원들 앞에 몇 장의 프린트물을 내던진다.

"지방 인터넷 신문 칼럼에 난 글인데 읽어 봐!"

올백이 눈으로 인쇄물을 읽는다.

"...누차 지역사회의 관심을 촉구했으나 철원 지방에는 시도 때도 없이 뜨내기 약장사들이 노다지를 캐러 들어오고 있다. 이번에도 00뷔페 2층에서 또다시 영업을 벌였는데 판단력이 흐린 여성 노인들만을 상대로 저질의 건강식품을 고가에 판매한다. 그들은 마을 노인들을 차량으로 후송하고 경품행사 등을 통해 충동구매 하도록 부채질을 하고 있다. 특히 좁은 공간에 모아놓고 공연을 펼치는데 대처능력이 떨어지는 노인들을 위한 안전장치가 없어 대형 참사로도 이어질 수 있는 실정이다. 하지만 단속과 규제는 전혀 이루어지지 않고 있다."

올백은 쓴 약을 삼킨 것 같은 표정으로 또 다른 유인물을 훑어본다.

"본격적인 약장수와 전쟁이 시작됐다. 방문판매업자들로 인해 주민들의 피해가 지속적으로 발생하자 군의원들의 주도로 철원읍의 사회단체가 긴급 모임을 갖고 대책 마련에 들어갔다. 이번 캠페인에는 이장협의회를 비롯해 의용소방대, 자율방범대, 새마을지도자회, 부녀회 및 철원JC 등의 단체가 참여하는데 번갈아 가며 판매장 입구에서 단체별 캠페인을 벌이고 있어 있다.

그동안 철원 지역은 한 해 겨울에 몇억을 못 벌면 바보라는 이야기가 들릴 정도로 약장사들이 쉬지 않고 들어왔다. 노인들은 영업장에 발을 들여놓는 순간 통상적으로 몇십만 원은 쓰는 것이 상례였고 심지어 물건을 사느라 빚더미에 앉은 사람까지 있다.

사회단체에서 적극적으로 캠페인을 펼치고 있는 상황에도 아랑곳없이 노인들이 약장수 사업장으로 들어가는 모습을 볼 수 있는데 그만큼 세뇌를 당했다는 반증이라 할 수 있다. 따라서 가장 우선되어야 할 점은 공짜 선물에 속아 충동 구매하는 일이 없어야 하며 피해를 입었을 경우에는 즉시 소비자정보센터나 상담기관의 도움을 받아야 한다."

유인물을 읽던 한 단원이 목소리를 높인다.

"우리는 유명 회사 물건을 덤핑으로 사들여서 장사를 하기 때문에 저질이나 불량제품으로 걸려들 소지는 전혀 없습니다. 절차에 의해 사업장을 개설했고 정당하게 유통업을 하고 있습니다. 물건을 비싸게 판다고 호도하지만 그만큼 서비스를 제공합니다. 다양한 공연을 보여주는 것은 우리들의 마케팅 전략입니다. 이건 백화점에서 고객을 끌어들이기 위해 벌이는 이벤트와 전혀 다를 것이 없습니다."

보스는 미간에 팔자주름을 만들며 고개를 끄덕인다.

"물론이지. 판매는 예술이야. 돈의 흐름을 보는 눈이 있으면 남의 주머니에 있던 돈이 내 주머니로 옮겨오는 과정을 즐길 수 있어. 이제 밑바탕 작업을 충분히 했으니까 내일부터는 명단을 파악해서 개개인을 공략하도록 해. 두 달이 금방이라는 것은 말할 필요가 없고…"

올백이 빠르게 대답한다.

"예, 지금 분류 작업을 하고 있는 중입니다."

"전국에서 우리 조직의 매출이 가장 취약해. 어제 회장님으로부터 연락이 왔는데 80년대 씨름판을 주름잡던 선수를 바지사장으로 끌어들였다는 소식이야. 연예인보다 좋은 이미지를 가지고 있으니 입구에 그의 사진을 크게 걸고 우리 회사 사업주라고 선전해도 괜찮아. 한때 천하장사 타이틀에다 모래판의 신사로 이름을 날리던 사람이니 반응이 좋을 거야."

"대단하십니다. 결국 영입하셨군요."

"대한민국에 안면과 금전 공세를 펴서 안 넘어갈 사람이 있을까? 사실 노인들이야 걱정할 게 뭐 있어. 아픈 곳 쓰다듬어 주고 가려운 곳 살살 긁어주면, 그러니까 힐링만 제대로 해주면 주머니는 자동적으로 열리게 되어 있고… 알겠어?"

사장의 매조지에 분위기는 사뭇 열정적으로 바뀐다. 수익에 따라 배당금을 나누기 때문에 각자가 사업의식을 갖고 있다. 회의를 마치자 그들은 술잔을 채우고

"나가자~ 나가자~ 나가자~"

하며 건배 구호를 삼창한다.

나라를 위하여. 가정을 위하여. 자신을 위하여.

그러나 단원들은 저마다 은밀하게 꿈꾼다. 이번에 한 밑천 잘 잡으면 정말 나라를 위하고 가정을 위하고 자신을 위하여 새로운 직업을 찾겠다고, 그리고 행여 그 마음을 동료들이 눈치챌까 봐 짐짓 비장한 얼굴로 술잔을 높이 든다.

보스가 소리를 지른다.

"우리는 하나다."

그들도 목소리를 높인다.

"우리는 하나다."

반천 댁은 오늘도 가설극장으로 출근한다. 보호대로 감싸도 양 무릎의 통증은 갈수록 심하다. 뼈에 좋다는 홍화씨를 먹으면 괜찮아질까? 가격이 비싼 홍삼 엑기스가 나을까? 흑염소는 어떨까? 그들의 설명을 들어보면 무엇이든 먹어주기만 하면 몸은 좋아질 것 같다.

사실 당장 필요한 것은 전기 옥매트다. 몇 년 전 겨울에 기름값이 너무 올라서 보일러 대신 히터 선풍기를 사용했다가 전기세를 덤터기로 쓴 뒤로 아예 박스에 넣어버렸다. 그 뒤로 일인용 전기장판 하나에 의지해 겨울을 나는 반천 댁의 눈에 큼직한 전기 옥매트가 들어온다. 그런 기미를 눈치챈 너실 댁이 진심을 듬뿍 담아 부추긴다.

"내가 매트를 써 보니까 절절 끓는 것이 너무 좋더라. 에이구, 반천때기야. 감기라도 걸리면 내만 섧다. 죽어서 이고지고 갈 것도 아닌데 눈 질끈 감고 그냥 하나 사거라."

반천 댁은 능청을 떤다.

"내가 이고 지고 갈 돈이 어딨노? 그라고 시장에 가면 반값에 살 수 있는데 알면서 바가지 쓸 수는 없지."

"어허이~ 홍보관 물건은 시장에서 파는 것과 다르다니까. 내가 돈 빌려줄까? 설 쇠고 갚으면 된다. 자식이 여럿인데 설마 올 설에 옥매트 한 장 값이야 안 들어오겠나?"

"그 아가리 못 닥치겠나? 마."

입을 다물지만 너실 댁 눈앞에는 벌써 옥매트를 들고 있는 반천댁의 모습이 어룽거린다.

곱게 단장을 하고 가설극장으로 가면서 반천 댁은 갈등한다. 옥매트를 선뜻 사기에는 너무 큰 돈이라 부자 영감이나 하나 알고 지냈으면 싶다. 하지만 이내 그런 짓은 근본 없는 년들이나 하는 일이라고 콧방귀를 낀다.

"택도 없다. 내가 지금까지 어찌 살았는데 늘그막에 자식들 얼굴 깎이는 짓을 할 끼고?"

떠도는 말로는 읍내에는 저들끼리 눈이 맞아 살림을 합치는 인간들도 있고 반반한 과부 중에는 정기적으로 용돈을 받고 영감 집을 오가며 수발드는 것들도 있다는 소문이다.

"아이고, 더럽고 추저버라. 내 몸 간수하기도 귀찮은 판에 늙은 놈 코 고는 소리에 방귀 냄새까지 맡아가며 뒷바라지 하랴? 천금을 주어도 나는 싫네. 만금을 주어도 그런 짓은 안 할끼다."

하지만 내심은 혼자된 남자가 가뭄에 콩 나듯 드물어 차례가 돌아올 리 없다는 체념이나 다름없다.

가설극장에는 앞자리를 잡으려고 일찍 나온 몇몇 늙은이들만 보일 뿐 무대 커튼이 단단히 쳐져 있다. 반천 댁은 스피커에서 나지막하게 흘러나오는 노래를 따라 부르며 리듬에 몸을 맡긴다. 여기 오면 세상사 근심이 모두 사라지고 마음이 편해진다. 더욱이 오늘은 엑기스를 구입하려고 돈을 준비해 온 터라 은근히 목이 빳빳해진다. 무대 옆으로 난 쪽문이 열리면서 너실 댁 얼굴이 보인다 했더니 어느새 달려와 손목을 끈다.

"내 따라와 봐라. 구경이 좋다."

반천 댁의 가슴이 두근거린다. 늘 궁금했던 무대 뒤는

상상했던 것과 달리 온갖 의상과 소도구들이 널려있고 탁자 위는 소주병과 먹다 남은 안주들이 어지럽다. 등을 보이고 있던 한 사내가 벌떡 일어서면서 아는 체 한다.

"오, 한 여사님! 어서 오십시오."

색소폰을 연주하는 사내다. 그가 깍듯이 여사님이라고 부르는 바람에 택호만 듣고 살아온 반천 댁의 가슴이 벌렁거린다.

"아드님이 효자라는 말을 들었습니다. 참말로 큰 복이십니다."

"요새 그 정도 안 하는 자식이 어디 있다구…"

반천 댁은 감정을 드러내지 않으려고 가볍게 대꾸한다.

"아니지요, 아무나 그런 복 못 누립니다. 우리 복자 누님인들 그냥 잘 사십니까? 마음을 곱게 쓰니 이렇게 복이 많고 여유가 있으신 거지요."

"나야, 어디 저 친구와 비할 수 있능교?"

말을 놓아야 하나 올려야 하나 망설이는 기분이 알딸딸하다.

"무대 위에 있으면 한 여사님이 눈에 확 들어옵니다. 자태가 워낙 고우셔서…"

자태가 곱다는 말이 아카시아 꽃향기를 맡는 것처럼 감

미롭다.

"농사짓고 사는 사람이 곱기는... 무슨..."

반천 댁은 하필이면 어젯밤 도라지 껍질을 까느라 꺼멓게 때가 낀 손을 뒤로 감추며 말끝을 흐린다.

듣기 좋아 효자 자식들이지 실상은 모두 저 살기 바빠서 안부 전화조차 드문 판이다. 명절이 되면 봉투 외에도 과일이니 비누 상자 나부랭이를 들고 오지만 저들끼리 약속이라도 했는지 제 아버지 제삿날과 어버이날과 생일에 십만 원씩 내놓는 것이 전부다. 그리고 보면 매달 꼬박꼬박 노령연금을 주는 정부가 공들여 기른 자식들보다 훨씬 낫다.

"한 여사님은 젊을 때 동네 총각들 많이 울렸겠어요. 올해 어찌 되나요? 이런, 숙녀에게 나이를 묻는 게 아닌데..."

"동생이 한번 맞춰 보게나!"

너실 댁이 장난스럽게 말한다.

"아무리 봐도... 혹시 나이를 속이고 들어오는 거 아니세요?"

가슴속에서 더운 바람이 일어나고 콧등에서 땀이 삐질삐질 솟는다.

"한 여사 이번 설 쇠면 육 학년 이반 되거든."

단번에 열 살이 젊어진 반천 댁은 맴을 돈 것처럼 어지럽다.

"육학년 이반이면 그야말로 제2의 청춘이 시작되겠네요. 그런데 복자 누님은 어디서 그런 말을 배웠어요?"

"내가 그것도 모를 줄 알았어?"

너실 댁이 입을 가리면서 호호 웃는다. 반천 댁은 어제 입씨름 끝에 화적떼 봇짐도 털어먹을 년이라고 욕했던 것이 조금 미안하다.

"한 여사님도 한잔하시지요."

색소폰이 여자처럼 하얗고 긴 손으로 술잔을 내민다. 목구멍으로 넘어가는 소주가 가슴에 청어 가시처럼 걸려 있는 한과 시름을 씻어내는 느낌이다.

갑자기 일찍 세상을 떠난 남편 생각이 난다. 막내아들이 배 속에 있을 때였으니 돌이켜 보면 마흔도 안 된 나이였었다. 그 꽃다운 나이에 홀로 된 것이 서럽고 억울했는데 사내의 부드러운 말 한마디에 모두 풀린다. 권하는 술을 한잔 더 받아 마시니 이 순간이 아름답고 귀하게 느껴진다. 또 한 잔을 받아 마시니 자신이 마치 어여쁜 꽃송이가 된 것 같다. 지금 기분이라면 누가 옆구리를 살짝만

찔러도 앞뒤 돌아보지 않고 따라갈 것 같다. 젊었을 때는 있을 수 없고 있어서도 안 되는 일이었지만 지금은 그 어떤 일도 가능하다고 스스로 쌓았던 경계들을 허문다. 설령 눈앞에 있는 이 사내가 물건을 팔아먹기 위해 입에 발린 소리를 하더라도 괜찮다면서 그가 하는 말을 모두 믿기로 작정한다.

설이 지난 지 일주일이 되었다. 색소폰은 명절 용돈도 어지간히 빼먹었으니 노인들의 주머니에서 더 이상 나올 것이 없다고 생각한다. 다음 영업장은 영천 지방으로 정했는데 그곳까지 찾아올 열성 팬들도 몇몇 확보했다. 하지만 갈수록 세상이 밝아지고 있으니 이 노인들이 죽고 나면 더 이상 새로운 고객을 찾기가 어려울 것이다. 어쨌거나 동정심을 유발시키는 어제의 작전은 꽤 성공적이었다. 올백이 물건을 많이 못 팔아서 손해를 많이 보고 있는 중이라고 슬픈 표정을 지었더니 매출이 확 달라졌다. 한 달 전부터 들어간 집중 공략도 성과가 있었는데 이 작전에는 약간의 진정성이 작용해야 한다. 색소폰은 하루도 물건을 구입하지 않은 날이 없는 너실 댁과 이틀 전에야 전기 옥매트를 구입한 반천 댁을 불러 이별식을 치른다.

너실 댁이 눈물을 보이자 색소폰이 달랜다. 그런데 너실 댁이 아쉬운 마음을 감당하지 못해 흥얼흥얼 부른 노래가 화근이었다. 색소폰의 눈이 둥그렇게 커졌다. 볼품없이 늙은 할머니에게서 저런 목소리가 나오다니…

"누님, 한 번만 더 불러보세요."

한잔 술에 고삐가 풀린 너실 댁이 〈봄날이 간다〉를 부른다.

"누님 한 번만 더 불러보세요."

같은 말을 반복하는 색소폰의 표정이 사뭇 진지해진다.

"물새 우는 고요한 강 언덕에 그대와 둘이서 부르던 사랑 노래…"

"누님 한 번만 더…"

색소폰의 가슴이 뛴다.

"누님. 정식으로 공연을 해 봅시다."

"무신 소리고? 내가 노래를 잊고 산 세월이 오십 년인데 무대에 서다니… 시끄럽다, 치아라 마… 늙은 년 개망신 시킬 일이 있나?"

너실 댁은 평소와 다르게 겁먹은 표정이다.

"괜찮아요. 누님은 아무 신경 쓰지 말고 지금처럼 그냥 부르면 돼요. 밴드들이 누님을 따라갈 테니까요."

"그게 되겠나? 사람들이 많이 보는데…"

"가사만 잊어버리지 않으면 돼요."

"가사야 외우고 달고 할 게 어딨노. 한 번 들으면 저절로 알게 되는 것을…"

계속 고추 먹은 소리를 내던 너실 댁이 갑자기 두 주먹을 불끈 쥐고 자리에서 일어선다.

"그래 함 해보자. 까짓거, 사람이 한 번 죽지 두 번 죽겠나?"

누구보다 놀란 사람은 반천 댁이다.

"아니, 저년이 오늘 아침에 먹을 것을 못 먹었나? 못 먹을 것을 먹었나?"

이틀 뒤 날씨는 영하로 떨어지고 하늘에 눈구름이 낮게 깔렸지만 너실 댁이 무대에 선다는 소문에 사람들이 모여들기 시작한다.

아침부터 반주자와 호흡을 맞추던 너실 댁이 화장을 한다. 여자 단원들이 골라준 주황색 드레스를 입고 세월이 할퀴고 간 얼굴을 맡기고 있다. 심청이가 문신이 지워진 눈썹에 덧칠을 하고 속눈썹을 붙인다. 바글바글 볶은 짧은 머리에 풍성한 가발을 씌우고 파운데이션으로 다듬은 얼굴에 가루분을 두드린다. 쪼글쪼글 주름이 진 목에 크

고 찬란한 목걸이를 걸어주는 심청이의 표정이 사뭇 진
지하다.

"다음 순서는 언양이 낳은 가수 김복자 씨를 소개합니
다."

올백의 목소리에 너실 댁은 어지러워서 잠시 눈을 감
는다. 그때 누군가가 뒤에서 어깨를 토닥토닥 두드리면
서 속삭인다.

"복자야, 괘안타. 괘안타. 다 괘안타."

어머니 목소리다.

"엄마, 어무이…"

사방을 두리번거리며 어머니를 찾는데 무대 중앙에 선
그 남자 가수가 함박웃음을 웃으며 손짓을 한다.

"복자 씨, 이리 와요. 나와 함께 불러요."

그날 밤 그가 말했었다.

"복자 씨, 나와 살아요. 우리 서울 가서 함께 노래 부르
면서 행복하게 살아요."

너실 댁이 남자 가수의 에스코트를 받으며 걸어 나온
다. 사람들이 놀라고 감탄하고 환호를 하느라 모두들 제
정신들이 아니다.

몸을 살살 흔들며 열아홉 순정을 노래하는 너실 댁은

영락없는 열아홉 살 처녀 복자다. 객석에서 복자를 바라보는 사람들 또한 자기의 열아홉 살을 떠올리며 입을 모은다. 너실 댁의 변신은 사그라져가는 그들의 열정에 기름을 붓고 불을 지핀다. 찔레꽃과 낭랑 십팔 세에 이어 홍콩 아가씨로 넘어가는 색소폰과 밴드들도 정말 오랜만에 신바람이 났다.

가림막 옆에 뒷짐을 지고 선 올백은 이 소용돌이를 어떻게 진정시켜야 할지 기회를 엿보고 있다. 하지만 돌아가는 분위기를 보아 나머지 물건들을 처분하는 것은 이미 따놓은 당상이라 기분이 좋다. 객석에 앉은 박 목수는 마치 자기가 유명가수를 발굴한 듯 흐뭇하다.

"아이고 저년 봐라. 가슴속에 이미자가 들어앉아 있었네. 저런 불씨를 안고 그동안 어찌 살았을꼬? 욕봤네, 욕봤어."

제 설움에 겨운 반천 댁의 눈시울이 젖어 들기 시작한다.

밖에는 올겨울에 들어 처음으로 눈이 내리더니 언제부터인가 관정 들판에 소복소복 쌓이기 시작한다. 하지만 가설극장 지붕 위에서 떨어진 눈은 공연장 열기로 빗물이 되어 흘러내린다.

꽃병을 든 남자

기차가 움직이기 시작했다. 새벽바람에 한껏 움츠렸던 어깨가 조금씩 내려오면서 기분도 따라 풀리는 것 같았다. 사흘 동안 실컷 잠을 자려고 했는데 등이 떠밀려 나온 셈이었다. 수연은 가족 세우기라는 심성 프로그램에 등록을 해 놓았는데 이번에 참석하지 않으면 환불을 받을 수 없다고 재촉했다. 가족이라는 말에 며느리의 새침한 얼굴이 떠올라서 짜증을 내고 말았다.

"괜한 짓 하는구나. 거기 간다고 뭐가 달라지겠니?"

"언니, 그냥 여행하는 셈 치고 다녀와."

"이번에는 가겠다마는 제발 쓸데없는 짓 좀 하지 마라. 알았제?"

"언니 고마워."

"내가 할 말을 사돈이 하고 있네."

매사에 동생의 도움을 받아야 하는 처지가 한심해서 항

상 그런 식으로 삐뚜름했다. 살아가는데 필요한 최소한의 돈조차 부족해서 나는 기름이 떨어진 자동차처럼 늘 숨이 가빴다. 그래도 몇 년 전에 비하면 정리가 많이 된 셈이었다. 동대구역에 내려서 간단하게 아침밥을 먹고 택시를 탔다.

"북대구 구민운동장 쪽으로 가주세요."

수연이 보내준 문자를 보면서 행선지를 말하자 운전사는 대꾸 없이 차를 몰았다. 차창 밖으로 눈길을 돌리니 가로수들이 말을 잘 듣는 아이들처럼 줄을 지어 지나가고 있었다. 갑자기 엉뚱한 곳으로 가는 느낌이 들었지만 운전사에게 말을 붙일 용기가 나지 않았다.

일을 시작한 뒤로 나는 바깥과 담을 쌓고 살았다. 환자를 돌보는 시간이 돈과 바로 연결되기 때문에 모든 생활을 병원에서 하는 편이었다.

낯선 거리에 나를 부려놓은 운전사는 화가 잔뜩 난 사람처럼 반대편 차선으로 거칠게 차를 돌렸다. 가슴을 쓸어내리며 택시가 보이지 않을 때까지 그 자리에 서 있었다. 요가원 간판은 바로 찾을 수 있었다. 생각했던 것보다 큰 건물이었고 외벽에 환영 플래카드가 바람에 펄럭이고 있었다. 세상을 무난하게 살아가는 사람이라면 이런 곳에

얼쩡거릴 필요가 없을 터였다. 일박이일 동안 저기서 보
낸다고 무엇이 달라질 것인가, 나는 버릇처럼 또 불평했
다. 문득 삼 년 전, 그 사찰에 갔을 때도 똑같은 투정을 부
렸다는 생각이 들었다.

"거기 간다고 달라질 것이 뭐 있겠니?"

"언니, 그냥 여행이라 생각하고 갔다 와. 잠시 벗어나
있다 보면 일이 더 잘 풀릴 수도 있잖아."

"너는 답답한 일도 없으면서 왜 쓸데없는 곳에 돈을 쓰
고 다니니?"

"모르고 사는 것과 알고 사는 것이 너무 다른 것 같아
서…"

동생의 목소리가 촉촉해지는 느낌이 들어서 입을 다물
었었다. 돌아보면 그때도 참가비를 대신 내준 동생에게
어깃장만 잔뜩 부린 셈이었다. 문득 일주일 동안 한 지붕
밑에서 한솥밥을 먹으며 지냈던 사람들과 함께 혜산 스님
이 하던 말이 기억났다.

"여러분은 무슨 목적으로 여기 오셨나요?"

누군가가

"행복하고 싶어서요."

라고 대답을 했었다.

"에구, 파랑새를 좇아 오셨군요. 그런데 어쩌나? 그 새는 여기 없는데…"

나는 그들의 말장난에 그냥 웃었다.

"그래요. 우리는 너나없이 행복하기를 원합니다. 하지만 욕망이 충족되고 조건이 나아질 때 잠시 성취감을 맛볼 뿐 원하던 행복이 아니라는 것을 곧 알게 되지요. 행복은 그냥 다양한 감정의 한 부분입니다. 문제는 우리가 좋은 감정은 계속 머무르고 싫은 감정은 한사코 하는 거지요. 그런데 이런 다양한 감정들을 있는 그대로 바라볼 수 있다면 어떤 일이 일어날까요?"

스님은 대충 그런 말을 했던 것 같다.

아파트가 경매에 들어간 처지에 있는 내 귀에 그런 말이 들어올 리가 없었다. 그 당시 아들이 이천 만 원을 보내주었었다.

"준이 엄마는 모르는 돈이니까 그리 아세요."

정리가 되면 돌려주려고 했는데 문제는 돈을 갚기 전에 며느리가 알아버린 것이었다. 뒤에 일어난 일은 생각하고 싶지 않지만 남편에 대한 원망이 그만큼 깊어졌다.

"늘그막에 무슨 욕심이래? 주식 투자라는 것이 따지고 보면 도박과 같은 거 아니에요? 퇴직금까지는 그럴 수 있

다고 칩시다. 살고 있는 집을 건드리다니 이건 정상이 아
니잖아. 안 그래요?"

돈에 욕심이 없는 사람이라서 내가 받은 충격이 더 컸
던 것 같았다. 나는 수연의 말대로 실타래처럼 엉킨 현실
을 벗어나 길을 떠났다. 비구니 스님이 주지로 있는 작은
사찰이었다. 참가자는 일곱 명 정도였는데 나처럼 발등에
불이 떨어진 사람도 있는 것 같았다. 너나없이 풀어야 할
문제를 가지고 있다는 사실에 위로와 동질감이 조금 느껴
졌다. 어릴 때 정전이 되면 초와 성냥을 찾는 것보다 창문
부터 열어보던 기억이 났다. 우리 집만 깜깜하면 불안했
지만 다른 집에도 전깃불이 꺼져있으면 이상하게 마음이
편해지던 생각이 떠올랐었다.

혜산스님은 현실은 의식이 그대로 반영된 것이니 내면
을 고요히 하면 문제가 해결된다고 했다. 일주일 만에 집
으로 돌아오니 정말로 일이 조금씩 풀리기 시작했다. 수
연이가 꽤 많은 돈을 돌려주었고 제부는 자기 일처럼 경
매장을 쫓아다녔다. 어릴 때 친구인 미옥이가 적금을 해
약해서 통장에 넣어주었을 때 나는 재난을 당한 사람들
을 위해 성금을 모으는 까닭을 비로소 이해할 수 있었다.
아파트를 낙찰받아 급매로 내놓았더니 빚을 정리하고 작

은 빌라를 하나 얻을 수 있었다. 미옥이와 아들의 돈은 바로 해결했지만 동생이 돌려준 돈은 지금도 갚아나가는 중이었다. 나는 목돈을 가져다 쓰고 푼돈으로 주는 것이 미안하고 하루라도 빨리 동생의 빚에서 벗어나고 싶었다.

남편이 뇌출혈로 쓰러진 것은 집을 살 사람들이 들락거릴 즈음이었다. 그는 비로소 자기가 현실적으로 어떤 짓을 했는지 깨달은 것처럼 보였다. 내 눈치를 보는 것이 힘들고 자책감도 크게 작용한 것 같았다. 그는 어쩌면 고통에서 벗어나는 방법으로 쓰러지는 것을 선택했는지도 모를 일이었다.

수술을 받고 몇 개월 병원에 있는 동안 생활은 최악의 상태가 되었다. 나는 남편을 요양병원으로 보내고 일자리를 찾기 시작했다. 나이 든 여자가 할 수 있는 일은 파출부나 베이비시터, 간병인 같은 것이 전부였다. 앞뒤 생각할 겨를도 없이 학원으로 가서 간병인 자격증을 받으니 일자리가 바로 생겼다. 그동안 큰 걱정 없이 살아온 내 삶이 완전히 다른 길로 들어선 셈이었다. 가끔 악몽을 꾸는 것 같고 꿈에서 빨리 깨어나고 싶었다. 그러나 그런 과정에서 새삼스럽게 알아지는 것도 있었으니 생계를 위해 한 번도 돈을 벌어본 적이 없다는 것이 자랑할 일이 아니라는 사실이었다.

요가원 문을 밀고 들어가 접수대 앞에 섰다.

"이지연 씨, 삼 개월 전에 신청하셨고 바로 입금하셨네요. 별칭이 있으신가요?"

"이지."

사찰에 있는 일주일을 제외하고는 사용할 일이 전혀 없었던 이름이 바로 튀어나왔다. 명찰을 받아 목에 거는데 그때 같은 방을 썼던 황토가 생각났다. 짧은 머리가 아주 잘 어울리는 젊은 여자였다.

"이런 수련장에서는 본명보다 별칭을 많이 써요. 사실 우리가 쓰는 이름은 내 뜻과 상관없이 부모님이 지어준 것이잖아요. 그러니 주체적으로 살아간다는 뜻에서 별칭을 지어보는 것도 괜찮겠지요."

"나는 한 번도 그런 생각을 해 본 적이 없어서... 그런데 황토라는 별칭에는 무슨 뜻이라도 있나요?"

"아무 뜻 없어요. 그냥 흙이라고 했다가 발음이 어려워서 바꾸었지요. 짓거나 바꾸거나 아무도 간섭하지 않잖아요?"

"맞네요. 누구에게 허락받을 일이 아니네요."

황토가 내 이름을 묻더니 맞장구를 쳤다.

"이지, 어때요? 일이 쉽게 술술 풀릴 것 같지 않나요? 부르기도 쉽고…"

"그러네요. 마음에 들어요. 뒷글자를 하나 빼니 완전히 다른 느낌이네요."

그녀는 세상을 갑절 이상 살아온 나보다 훨씬 아는 것이 많고 어른스러웠다. 따지고 보면 이지라는 별칭도 내가 아니라 남이 지어준 셈이었다.

요가원 원장은 삶은 관계에서 시작된다는 말로 장을 열어나갔다. 젊은 여자가 삶과 가족 관계에 대한 말을 하니 신기했다.

"우리들의 내면에는 가족 관계를 형성하는데 조율해야 할 법칙들이 있습니다. 좋든 싫든 그 법칙들이 내 삶과 행동들을 통제하고 있습니다. 세상에 먼저 온 것이 얼마나 대단한 일인지, 먼저 온 사람이 나중에 온 사람에게 어떤 대우를 받아야 하는지는 질서에 대한 문제입니다. 자리가 바뀌거나 역할이 없어지거나 존중받지 못할 때 현실에서 문제들이 일어납니다. 결론적으로 보이지 않는 이 질서를 바로 잡으면 문제가 존재할 이유가 없어집니다."

오후 공부가 시작되었을 때 참가자가 한 명 늘어났다.

나와 비슷한 연배로 보이는 남자였는데 마지못해 앉아있는 표정이었다. 가끔 남자에게 눈길이 가고 저 사람은 왜 여기까지 오게 되었을까 궁금증도 일어났다. 공부는 밤 늦게까지 계속되었지만 그다지 와 닿는 것은 없었다. 다만 그동안 남편 덕에 편하게 살았다는 생각이 들었다. 그 끝으로 날려버린 아파트가 사실은 남편의 것이지 내 것이 아니었다는 사실이 알아졌다. 나는 억지를 부리는 아이처럼 절반은 법적으로 내 것이라고 도리질을 했다. 그것을 인정하든 하지 않든 현실적으로 달라질 것이 없음에도 불구하고 나는 계속 고집을 부렸다. 그래야만 그동안 남편에게 마구 대했던 행동들을 정당화시킬 수 있을 것 같았다.

그날 밤 나는 쉬지 않고 달려온 사람처럼 지치고 말았다. 세수를 하는데 콧속이 뜨뜻해지더니 붉은 피가 흘러내렸다. 수건으로 콧구멍을 막고 고개를 젖히자 목구멍으로 넘어온 핏덩어리가 입안에 가득 고였다. 눈이 매워지더니 입꼬리로 눈물이 비집고 들어왔다. 눈물은 짭짤하면서도 달짝지근했고 또 따뜻했다. 나는 그 눈물과 핏덩어리를 꿀꺽꿀꺽 삼켰다.

다음날 새벽에 잠에서 깨어났다. 잠자리가 불편했지만

몸은 많이 가벼웠다. 옷을 챙겨 입고 센터를 빠져나와서 걷기 시작했다. 길가에는 둥근 소나무가 나란하고 키 낮은 매화 나뭇가지마다 덜 튀겨진 팝콘처럼 꽃봉오리들이 달려있었다. 코를 대고 눈을 감으니 은은한 매화 향기가 안개처럼 몸으로 스며들었다. 아들 결혼식 때 남편과 함께 하객들을 맞이하던 장면이 떠올랐다. 벚꽃이 눈처럼 휘날리던 봄날이었다. 그렇게 행복했던 순간은 두 번 다시 오지 않을 것 같았다.

요가원에 일회용 녹차와 뜨거운 물이 있는 것이 생각나서 봉오리를 몇 개 골라 따는데 뒤에서 누군가가 하는 말이 들렸다.

"그 아지매가 보기보다 무작스럽네. 겨우내 기다려 올라온 꽃봉오리를..."

남자가 나를 바라보며 소리 없이 웃고 있었다.

"같이 걸읍시다."

나는 줄레줄레 그를 따라가며 숱이 많은 반백의 곱슬머리를 바라보았다. 조금 굽은 등과 힘이 들어가지 않은 어깨가 쓸쓸하면서도 편안하게 느껴졌다. 남자는 이런저런 말을 했지만 질문은 하지 않았다. 돌아오는 길에 그가 명함을 꺼내주었다. 〈보보스〉라는 골동품 가게의 상호가 눈에 들어왔다. 내가 골동품이나 사러 다니는 여자처럼 여유로워 보인 것일까? 싶었다.

"저는 오전 코스가 끝나면 바로 내려갈 겁니다. 이지님도 전화번호 주세요."

"왜요? 참가비가 아깝잖아요?"

"삶은 살아내는 것이지 저렇게 모여서 배우는 것이 아닌 것 같아서요."

머릿속에 한 무리의 참새 떼가 몰려와서 재잘거리는 느낌이었다. 남자의 자리가 비니까 왠지 기분이 시들해졌다. 그날 밤 기차를 타고 내려오면서 다시 명함을 꺼내 보는데 골동품이라는 글자에 황토의 얼굴이 겹쳐졌다.

한 방을 쓴지 사흘쯤 지났을 때였다. 그녀가 인근 병원에 입원해 있는 어머니를 모셔오고 싶은데 괜찮겠냐고 조심스레 물었다.

"주지 스님께서는 허락을 하셨지만 이지님이 불편하면 안 되니까."

나는 괜찮다고 고개를 끄덕였다.

간암 말기에 있다는 황토 어머니는 얼굴에 병색이 뚜렷했으며 임신부처럼 배가 불렀다. 휴식시간에 황토에게 위로의 말을 했더니

"어쩌겠습니까? 인연이 다 하면 보내드려야지요."

새파란 아가씨가 말을 그렇게 하니 기분이 뜨악해졌다. 하지만 나중에 황토가 파계한 지 얼마 되지 않은 비구니라는 말을 들으니 조금 이해가 갔다.

그날 밤에 내 눈물보가 터졌었다. 처음에는 남편에 대한 배신감 때문에 시작되었던 울음이 미래에 대한 두려움으로 이어졌다. 그리고 어느 순간 의식 깊숙이 침잠하면서 어둠 속에서 웅크리고 앉아 있는 작은 아이를 발견했다. 내 눈물의 뿌리는 젊디젊은 아버지와 어머니를 만나면서 드러나기 시작했다. 어머니는 장사를 나갈 때 수연이는 업고 가면서 다섯 살밖에 되지 않은 나를 두고 밖에서 문을 잠갔다. 한때 영화관처럼 어두운 곳에 가지 못한 이유를 그때 알아차렸다. 그리고 그날 비로소 부모님과 화해를 했던 것 같았다. 그들이 얼마나 사랑과 행복을 갈망했으며 아름다운 꿈과 기대를 가지고 있었는지 알게 되면서 눈물이 흐르기 시작했다. 아버지의 폭력과 주벽이 결국은 결핍과 두려움에서 비롯되었다는 것을 깨달은 순간 나는 아버지를 내 자식처럼 안아주었고 아버지의 울음을 대신 울었다.

"나도 저렇게 실컷 한번 울고 나면 훌훌 털고 일어날 것 같은데... 왜 이렇게 눈물이 나지 않을까?"

누군가의 말에 퍼뜩 현실로 돌아왔다. 황토의 어머니가 물끄러미 나를 바라보고 있었다.

일주일은 금방 지나갔다. 머릿속이 마치 하얀 도화지가 된 느낌이었다. 짐을 꾸리면서 나는 황토의 외삼촌이라는 사람이 그녀를 차에 싣고 가는 것을 무심하게 바라보았다. 그리고 한 달쯤 뒤에 세상을 떠났다는 소식을 들었다. 수연이 편으로 부의금을 조금 보냈더니 황토에게서 고맙다는 전화가 왔었다. 뒤에 도반들의 모임에서 한번 황토를 보았지만 간병 일을 시작한 뒤로는 나갈 시간이 없었다. 가끔 울고 싶어도 눈물이 나오지 않는다고 하던 그녀가 생각났다.

어느 날 황토가 가게를 열었다면서 수연을 통해 답례품을 한 세트 보내왔다. 그 속에는 5년 전 시민회관에서 열린 골동품 가구 전시회 책자도 한 권 들어있었다. 책의 첫 장에 한복을 곱게 입은 여자가 다소곳이 손을 모은 채 웃고 있었다.

수연이 말했었다.

"언니, 황토 엄마 참 미인이지? 이 계통에서는 정말 대단한 사람이었대. 들리는 말로는 모아둔 골동품을 정리하기 위해서 황토가 하산을 했다는 말도 있거든."

그런 말을 듣지 않았다면 몰라봤을 정도로 그녀는 아름다웠다. 병색이 짙은 모습이 사진에 겹쳐지는 바람에 나는 어느 것이 진짜 그녀인지 알 수가 없었다.

남자에게서 문자가 왔다.

- 스카프를 목에 두르고 머리카락을 나부끼며 신나게 달려보세요. appassionata

나는 짧은 머리카락을 귀 뒤로 넘기며 소리를 내어 웃었다. 허리 수술 환자의 휠체어를 밀고 물리치료실에 다녀온 뒤 한숨을 돌리고 있던 참이었다. 24시간 아픈 사람의 손발이 되느라 생각이 끼어들 여지가 없는 나날이었다. 일 때문에 힘든 것은 없지만 문득문득 늘그막에 이 지경이 되었다는 열등감이 주는 고통은 여전했다. 그럴 때면 그가 보내준 문자를 가만히 입에 담았다.

아.파.셔.나.타. 아.파.셔.나.타.

그러면 시장터처럼 복잡한 가슴 속이 조금 정리되는 느낌이었다.

아픈 사람은 아기가 태어나는 것처럼 계속 생겨나고 내가 돌보던 환자는 때가 되면 기약 없이 떠나갔다. 협회에서는 대체로 돌보기 힘든 환자들만 나에게 배당하는 눈치였지만 인연이라 여기면 불평할 것이 없었다. 나는 아픈 사람들을 아기처럼 돌보았다. 웃을 일도 울 일도 없는 나날이지만 빚을 조금씩 줄여나가는 재미는 그런대로 괜찮았다. 수연이는 돈을 갚지 않아도 된다고 했지만 그것은 내 자존심의 문제였다. 어느 날 동생에게 물었다.

"수연아, 너는 왜 이렇게 나에게 잘하니?"

"언니가 나에게 잘하잖아. 얼마나 잘했는데… 나 때문에 아버지에게 매도 더 많이 맞았고…"

수연이가 어린 시절 이야기를 하면 기억나는 것보다 잊어버린 것이 더 많았다.

가끔 요양원에 있는 남편을 보러 갔지만 그는 나를 알아보지 못했다. 아들은 한 번씩 오는데 며느리는 본 적이 없다는 간병인의 말이 칼끝으로 가슴을 긋고 가루 소금을 살살 뿌리는 것처럼 쓰라렸다. 남편의 얼굴은 더없이 편안해 보였다. 내가 운전 면허증을 따겠다고 했을 때

"사모님, 제가 기사 노릇 잘하겠습니다."

하며 말렸었다. 나는 운전이 배우고 싶었지만

"당신이 번거로울까 봐 그런 거지."

하고 순순히 포기했었다.

"사고를 낼까 봐 안절부절못하는 것보다 번거로운 것이 훨씬 낫지."

돌아보면 그는 일어나지 않은 일을 미리 걱정하고 두려워한 것 같았다. 그가 미래를 걱정했다면 나는 지나간 일에 에너지를 낭비하는 쪽이었다. 하필이면 내가 없을 때 쓰러졌다는 것이 늘 마음에 걸렸다.

그때 내가 집에 있었더라면, 조금만 빨리 발견했더라면, 병원도 잘못 찾아간 것 같고 적절하게 대응을 하지 못했던 것 같았다. 사찰에서 그런 걱정이나 후회가 지극히 자연스럽게 일어났다가 스러지는 생각의 파도라는 것을 알았다. 지난 일을 기억하지 못하는 것이 그렇게 나쁜 일은 아니라고 남편을 달래면서 나 자신도 같이 달랬다. 그러던 어느 날 인간이 고통에서 벗어나는 유일한 방법은 어쩌지 못하는 일에 대해 더 이상 근심하지 않는 것이라던 혜산스님의 말이 생각났다. 그 순간 자칫했으면 죽을 때까지 발견하지 못했을 것들이 눈에 들어오기 시작했다.

용서나 존중, 수용 등등의 단어들이 품고 있는 알맹이들이었다.

봄이 왔다. 10층 높이의 병실 안에서도 계절이 바뀌었다는 것을 충분히 느낄 수 있었다. 집으로 가기 위해 버스를 기다리는데 보도블록이 살아있는 듯 발바닥 밑에서 꿈틀거렸다. 나는 말씬말씬한 그 촉감을 느끼면서 한동안 그 자리에 가만히 서 있었다. 고개를 들어보니 벚꽃나무 가지에 하얀 꽃송이들이 구름처럼 몰려와 있었다. 마치 내가 올 시간에 맞추어서 함께 꽃을 피우자고 약속이라도 한 것 같았다. 요가원으로 가는 택시 속에서 보았던 가로수의 행렬과 무뚝뚝한 운전사가 떠오르지 않았다면 영원히 그 자리에 서 있었을지도 모를 일이었다. 그 운전사는 지금도 화가 난 사람처럼 차를 몰고 있을까? 그 요가원에는 어떤 사람들이 와서 어떤 경험들을 하고 있을까? 그런 생각들을 하며 현관문을 여는데 미옥이에게서 전화가 왔다.

"일하니?"

"아니, 대타에게 맡기고 방금 집에 왔어."

조근하던 미옥이의 목소리가 갑자기 커졌다.

"야, 잘됐다. 오랜만에 얼굴 좀 보자."

마당에 놓을 돌확이 몇 개 필요하다는 말에 쉬고 싶다는 말을 삼켰다.

"그래? 마침 아는 골동품 가게가 있어. 보보스라고…"

"잘됐다. 지금 바로 가보자. 내가 데리러 갈게."

오랜만에 화장을 하고 봄옷으로 갈아입는데 가슴 속에서 따뜻한 바람이 솔솔 불었다. T-map은 우리를 정확하게 보보스 앞으로 데리고 갔다. 가게는 내 예상을 완전히 뒤엎었다. 기대했던 돌확과 고가구나 옛날 문짝들은 보이지 않고 오래된 카메라와 수동 오디오 세트, 축음기, 레코드판, 영사기 등이 얄밉도록 깔끔하게 정리되어 있었다. 우리는 남자 몰래 서로 옆구리를 찌르며 쿡쿡 웃었다. 그는 대체로 물건들에 대해 설명을 했고 미옥이와 나는 학생처럼 귀를 기울였다. 저녁이 되어 인근 식당으로 밥을 먹으러 갔을 때 그는 소주를 한 병 시켜서 권하는 시늉만 하고 혼자서 잔을 채우고 비웠다. 다시 가게로 돌아오자 기분이 좋아졌는지 축음기에 엘피판을 올려놓고 신나게 손잡이를 돌렸다. 나팔꽃을 닮은 작은 스피커에서 거짓말처럼 베토벤의 열정 소나타가 흘러나왔다.

몇 년 전 고등학교 동창회에서 강원도로 단체 여행을 갔을 때 강릉에 있는 참소리 박물관에 들른 적이 있었다. 오디오 역사를 한눈에 볼 수 있는 세계 유일의 축음기 박물관이라는데 전시된 물건들이 상상을 초월했다. 그때 이층에서 백 년 가까이 된 오디오로 음악을 들었는데 풍부

하고 질 좋은 음량에 모두들 감탄을 했었다. 더 놀란 것은 고물상으로 갈법한 그 물건들이 엄청난 고가에 거래되고 있다는 사실이었다. 하루가 다르게 새로운 디자인과 성능이 좋은 제품이 쏟아져 나오는데 그런 물건들을 사고판다는 자체가 비현실적으로 느껴졌다.

미옥이가 꽃병을 하나 발견하고 어머나, 하고 소리를 질렀다. 잘록한 목 위에 잔주름이 잡히고 허리 부분에 큰 꽃송이가 달려있는 화려한 색상의 빨간 유리 꽃병이었다.

"지연아, 기억나니? 우리 집에 똑같은 꽃병이 있었잖아."

"그래, 파란색이었지. 정말 색깔만 다르지 똑같이 생겼네."

색상이 밝고 투명해서 어떤 꽃을 꽂아도 어울리기 힘들어 보였다. 그는 한때 오래된 꽃병을 모으는 것이 취미였다면서 골동품적인 가치는 전혀 없다고 말했다.

"하나씩 드릴까요?"

나는 가격을 짐작할 수 없어서 완강하게 손사래를 쳤다. 밤늦게 가게 문을 닫으면서 그가 말했다.

"오늘은 아들 집에서 자야겠습니다. 우리 집은 한 가족 세 지붕입니다. 같은 부산에 있어도 모두 제각기 살고 있거든요."

미옥이가 냉큼 말을 받았다.

"아이고, 사장님요. 젊은 사람들 귀찮게 만들지 말고 그냥 집으로 가세요. 아무려면 부인만큼 만만한 사람이 있나요?"

"그럴 마누라가 있다면 오죽이나... 좋을까요?"

우리는 찔끔해져서 입을 다물었다. 온천장 대로변에 그를 떨어트려 놓고 온 뒤 또 한해가 지나갔다. 그동안 암호 같은 문자가 몇 번 왔지만 답을 보내지는 않았다. 어느 날 가게를 옮겼다는 메시지를 보며 마음이 조금 움직였지만 협회에서 계속 일을 주는 바람에 몸을 뺄 수 없었다. 나는 늘 잠이 고팠다. 가끔 아들에게서 전화가 왔지만 며느리에 대해서 묻지 않았다. 그것이 내가 아들에게 해줄 수 있는 유일한 배려였다. 아들이 전화기 저쪽에서 엄마, 하고 부르면 나는 한참 뒤에야 성호야 하고 아들의 이름을 불렀다. 아들이 어디에요, 하고 물으면 집에 있어도 병원이라고 했다. 초등학교에 들어가기 전까지 내 젖꼭지를 만지면서 잠들던 아들이 며느리의 젖꼭지를 만지면서 나를 생각할 것 같았다. 며느리가 발길을 끊은 것은 몰래 돈을 해 주었다는 것보다 모자간에 형성된 영역에 끼지 못하는 소외감 때문일지도 몰랐다. 어쩌면 그 애는 영원히 모를 것이다. 그런 것은 억지로 만든 것이 아니라 저절로 생겨나는 것이라는 사실을. 나는 며느리가 그런 것을 알 때까지 기다리는 수밖에 없다고 생각했다. 불쑥불쑥 그냥 알아지는 것들이 있어서 신기할 때가 많았다. 아픈 사람을 보면 얼마나 아픈지 알게 됐고 기쁜 사람을 보면 계산 없이 웃음이 나왔다. 내 속에 얼마나 많은 갈구가 있는지 알게 됐고 다른 사람도 나와 똑같다는 것을 알게 됐다.

그러던 어느 날 오후, 이유도 없이 그 남자가 보고 싶어졌다. 그냥 버스를 타고 새로 냈다는 가게를 찾아 나섰다. 광안 시장 부근을 몇 바퀴 돌면서 골동품 간판을 찾다 보니 날이 어두워지고 있었다. 전화를 했더니 그가 데리러 오겠다면서 그 자리에 가만히 있으라고 했다. 가게들이 하나둘 문을 닫는 시간이었다. 나는 곱슬머리 실루엣만으로도 그를 알아볼 수 있었다. 나를 발견하고 빠른 걸음으로 다가온 그가 내 손을 덥석 잡았다. 나는 하하, 소리내어 웃으면서 내 웃음이 어둠 속으로 구슬처럼 굴러가는 것을 보았다. 가게까지 가는 동안 그는 계속 내 손을 잡았고 나는 조금 부끄러워져서 손을 빼려고 꼼지락거렸다.

가게는 전과 다르게 규모가 크고 목이 좋았다. 우리는

옛날 초등학교에서 쓰던 작은 책상을 사이에 두고 나무 걸상에 마주 앉았다. 의자가 워낙 낮고 작아서 엉덩이가 불편했지만 진짜 초등학생이 된 기분이었다. 쇠 주전자에 물을 담아 전기 버너 위에 올리는 그의 등 뒤에 커다란 흑백 사진이 걸려 있었다.

"저 여자는 배우인가요?"

내가 고개를 갸웃하면서 물었다.

"몰라요? 미소라 히바리?"

처음 들어보는 이름이었다.

"재일 교포 출신의 엔카 가수에요. 전성기 때는 음반이 4천만 장이나 팔릴 정도로 유명했지만 술과 담배 때문에 천황이 죽던 해에 52살 나이로 세상을 떠났지요. 당시 천황의 장례 행렬이 2킬로미터였다는데 그녀가 죽었을 때는 추모객이 그 몇 배가 될 정도로 장사진을 이루었다고 해요. 한번 들어보실래요?"

그는 레코드판을 하나 찾아서 축음기에 올렸다. 중간에 대사가 들어있는 슬픈 곡조의 노래였다.

"나는 모르겠네요. 일본 말이라서 그런지"

"그냥 들으면 됩니다. 세상에는 좋은지 모르다가 좋아지는 경우가 있고 좋아하다가 별로가 되는 수도 있는데

이 여자의 노래를 듣다 보면 참으로 특별한 사람이라는
것을 알게 되지요."

"특별한 사람으로 살려면 많이 고단할 것 같은데요."

"천상천하 유아독존이라, 특별하지 않은 존재가 어디
있겠소."

내가 정색을 하면서 물었다.

"그런데… 어쩌면 그렇게 아는 것이 많으세요?"

그가 낮게 웃었다.

"내가 알면 얼마나 알겠소. 하필이면 알고 있는 것을 물
으니까 말을 할 수 있는 거지요. 이건 슬픈 술이라는 제목
의 노래인데 듣다 보면 자살 특공대로 차출된 젊은이들이
출격하기 전날 밤 마지막으로 마신 술잔이 떠올라요. 다
른 것도 한번 들어 보실래요? 나는 저 여자의 음반을 모두
갖고 있어요. 생전에 1,700곡을 불렀거든요."

"정말 많이 불렀네요."

나는 어두운 거리와 흑백 사진에 번갈아 눈길을 주면서
뜨거운 녹차를 마셨다. 그가 맥주를 찻잔에 따라 홀짝거
리더니 빈 술잔을 살살 돌리면서 말했다.

"얘는 나랑 가장 친한 친구요. 내 마음을 알아주고 위로
해 주거든요. 밥은 먹지 않아도 되는데 술은 마시지 않으

면 배가 고파요."

"그 정도면 중독이 아닌가요?"

라는 말 대신에 핸드폰을 내밀었다.

"매일 스카프를 목에 두르고 달리는 것도 한계가 있던데요."

"아, 그 문자? 아마 통영에 갔을 때 보냈을 겁니다. 그때 일 년 정도 전국을 돌아다녔는데 문득 이지님 생각이 났어요. 바닷가였는데…"

"부러워라. 일 년씩 돈을 벌지 않고 여행을 다닐 수 있었다니…"

"나는 지금까지 하고 싶은 일은 거의 다 하며 살았어요."

"세상에. 어떻게 하면 그렇게 살 수 있나요?"

가족들이 힘들겠다는 생각이 들었지만 내색은 하지 않았다.

"그건… 그러니까 내가 그런 삶을 살기로 선택했기 때문입니다. 후회도 있고 회한도 많았지만 어떻게 살아도 결론은 같았을 겁니다. 살아간다는 자체가 고통을 수반할 수밖에 없다는 의미에서는요."

그는 갑자기 중요한 일이라도 발견했다는 듯이 화제를

바꾸었다.

"아, 이제 생각났어요. 그때, 부두에 배를 묶어놓는 쇠말뚝이 있었는데 거기 앉아서 문자를 보냈어요."

"여기는 전에 갔던 곳보다 훨씬 위치가 좋군요."

"예, 그 가게는 딸이 운영하고 있어요. 그러니까 내가 독립해서 나온 셈이지요. 우리 딸이 어제 북엇국을 끓여주었어요. 속을 좀 풀라고... 내가 늘 술을 마시니까..."

"지금은 함께 사는 모양이지요."

"아니요, 여전히 따로 살아요. 전에 말했잖아요. 한 가족 세 지붕이라고... 딸이 가게를 맡지 않았다면 저는 아마 이 일을 접었을 겁니다. 어차피 돈을 만드는 재주가 없으니까요. 우리 황토는 제 엄마를 닮아서 장사를 아주 잘해요."

"따님 이름이 황토예요? 나도 아는 황토가 있는데..."

"황토야 많지요. 황토 찜질방도 있고... 황토 침대도 있고... 그런데 딸이 벌써부터 내년에 있을 아버지 환갑잔치를 걱정하는 겁니다. 요즘 그런 거 하는 사람이 어디 있다고..."

딸 자랑을 하고 있는 셈이었다.

"맞아요. 잔치보다는 여행을 가는 것이 좋겠지요."

"집사람이 세상을 떠난 지 사 년쯤 됐거든요. 그런 타이틀로 혼자 여행을 한다는 것이 좀…"

갑자기 집히는 것이 있어서 그의 말을 끊었다.

"잠깐만… 잠깐만요. 내가 아는 황토랑 그 황토가 같은 사람인 것 같은데요."

몇 가지 확인 작업을 거친 뒤에 우리는 동시에 소리쳤다.

"오라! 당신도 우리 황토와 한 패거리였구먼…"

"세상에… 그리고 보니 닮았어요."

"대구 요가원에는 딸이 권해서 갔습니다. 내가 집안 장손인데 역할을 못하니까 계속 문제가 생길 수밖에요. 황토는 이제 역마살을 접고 정착하라는 마음이겠지만…"

문득 해 줄 말이 있다고 느꼈다. 울고 싶어도 눈물이 나지 않는다고 하던 그녀의 말을 전했을 때 그는 사진에 눈길을 둔 채 가만히 있었다. 승용차 한 대가 가게 앞에 서더니 세 명의 여자들이 앞서거니 뒤서거니 소란을 피우며 들어왔다. 그리고 벽에 걸린 낡은 시계들을 가리키며 이것저것 가격을 물었다. 그가 말없이 볼륨을 올리는 바람에 가게 안은 온통 미소라 히바리의 노래 속으로 잠겨버렸다. 여자들이 어이없다는 표정을 주고받더니 별꼴이야, 하는 듯이 나가버렸다. 마지막 노래가 끝나기를 기다려 자리에서 일어났다.

"이런 물건을 사러 오는 사람은 처음 봤어요. 나는 다른 사람 손때가 묻은 물건은 싫던데…"

"오래된 물건이 좋잖아요. 어떤 이야기를 품고 있는지 상상하는 것도 재미있고요. 새것은 정 붙이기가 어려워요. 특히 요즘 나오는 물건은 마음을 줄 틈이 있어야지요. 전부 똑같으니까…"

그가 안으로 들어가더니 무언가를 들고나왔다. 미옥이와 함께 왔을 때 보았던 그 빨간 유리 꽃병이었다.

"이 꽃병을 당신에게 주고 싶었어요. 일제 때 만든 것인데 나이가 나보다 훨씬 많아요."

내가 조금 망설이자 그는 장난스럽게 말했다.

"그냥 만 원만 주세요."

고개를 끄덕였더니 마른 수건으로 꼼꼼하게 닦아 부드러운 종이에 싸서 건네주었다. 꽃병을 가방 안에 넣은 뒤 지갑에서 만 원을 꺼내 윗주머니에 살짝 꽂아주었다.

"고맙소!"

그가 두 손으로 내 손등을 가만히 누르는 바람에 한동안 가슴에 손바닥을 대고 서 있었다.

할 일이 있다는 그를 가게에 남겨놓고 택시를 잡았다.

집에 도착하는 대로 전화를 했지만 휴대폰은 꺼져 있었다. 그 뒤로 소식을 주고받을 일이 없었다. 수연이를 통해 황토 아버지의 이야기를 들었다. 그가 대학을 졸업하던 해 머리를 깎았으며 수행승으로 공부를 하는 중에 황토의 어머니를 만났다는 것, 가정을 꾸린 뒤에도 늘 밖으로 떠돌았다는 것, 언젠가부터 술을 마시기 시작했다는 등등의 말이었다.

감기가 심해져서 며칠 동안 일을 쉬었다. 계속 뒤를 감치는 것으로 보아 좀 더 휴식이 필요할 것 같았다. 수연이가 끓여온 죽을 조금 데워먹고 누워있는데 휴대폰이 울렸다. 뜻밖에도 황토였다. 마치 다른 나라 사람과 연결된 듯 생소한 목소리였다.

"이지님... 저 곧 결혼해요."

"잘 됐다. 축하해. 꼭 참석할게."

결혼 소식을 전하려고 전화한 것 같지 않았다.

내가 전화를 끊으려 하자 황토가

"잠깐만요..."

하면서 발목을 잡았다.

"실은 아빠가 많이 아파요. 지금까지 드러눕는 적이 없었는데... 위로를 좀 해주셨으면 하고요."

"내가?"

"두 분... 친구잖아요. 아빠에게 들었어요."

"황토가 시집간다니까 섭섭해서 그러시는 거 아닐까?"

"이지님, 결혼식 날 아빠 손을 잡고 들어갈 수 있을까
요?"

황토가 말끝을 흐렸다.

"그 정도로 안 좋으신 거야? 병원에서는 뭐라고 하는
데..."

"병원에 가지 않으니 그게 문제지요. 나이도 있는데..."

인연이 다 하면 보내 드려야지 어쩌겠습니까? 하던 때
와 너무 달랐다. 지금 그녀가 느끼고 있을 안타까움이 그
대로 느껴졌지만 나는 크게 걱정하지 않았다. 그는 왜 병
원에 가지 않으려는 것일까? 미지의 세상에 대한 두려움
때문일까? 죽음조차도 자기가 선택하겠다는 고집일까?

연필에 침을 묻혀가며 가사를 적어 주던 그의 모습이
떠올랐다.

"홀로 술집에서 마시는 술에서 이별의 눈물 맛이 난다.

마시면서 지워버린 그의 모습이 술잔에 다시 떠오르
네."

그에게 문자를 보냈다.

-미소라 히바리는 지금도 노래를 잘 부르고 있나요?

바로 답장이 왔다.

-그녀를 만나지 못한 지 며칠 됐어요.

-감기와 전투 중이라고 들었는데 괜찮으신가요?

-젠장. 목이 부어서 숨쉬기가 힘드네요. 찬물로 목욕을 했더니 더 심해졌어요.

-찬물에? 설마 가미카제 특공대가 되려는 것은 아니겠지요?

-뜨거운 물에 꽃잎을 띄워 마시면 바로 일어날 것 같은데요.

-꽃봉오리 딴다고 나무랄 때는 언제고요?

그와 함께 걷던 새벽길이 아련하게 떠올랐다.

-땀인지 눈물인지 베갯머리가 젖었어요.

나는 문갑 위에서 뽀얗게 먼지를 쓰고 있는 빈 꽃병을 바라보면서 울지 말아요 라고 썼다가 실컷 울어요 라고 고쳤다. 그리고 다시 지우고 결혼식장에서 뵐게요. 라고 쓴 뒤에 하트 모양의 이모티콘과 함께 보냈다.

휴대폰을 내려놓았을 때 내 등에서도 찬바람이 슬슬 일어나기 시작했다. 전기장판 스위치를 한껏 높인 뒤 이불을 뒤집어쓰고 누웠다. 몸을 구부려 양 무릎을 감싸 안아도 지독한 추위는 계속되었다. 나는 벌레처럼 꿈틀거리다가 조금씩 저항을 멈추었다. 그리고 이 순간 죽음이라는 불청객이 들이닥쳐도 순순히 항복할 수밖에 없다고 생각하며 가뭇없는 잠속으로 빠져들었다.

안개 잦은 지역

개 짖는 지역 1km

도로 옆에 세워진 표지판이 언뜻 눈에 들어왔다. 자세히 보려고 차창에 코를 박았지만 버스는 순식간에 그곳을 지나쳐버렸다.

"...개 짖는 지역?"

잠시 잠이 들었던 모양이었다. 옆자리에 앉은 여자도 가방 위에 손을 얹은 채 자고 있었다. 짱이 하던 말이 생각났다.

"가방을 꽉 쥐고 있으면 돈이 들어 있다고 보면 돼. 정신을 집중하고 감각을 잘 살리면 느낌이 오거든."

가슴이 두근거렸다. 오줌통이 차오르고 머릿밑이 가려웠다. 비가 많이 내리는지 차창에 빗물이 줄줄 흐르고 있었다.

자는 동안 잠시 꿈을 꾸었다. 초록색 가운을 입은 의사가 아롱이의 입에 손을 밀어 넣고 성대 수술을 하고 있었다. 마치 내 목젖을 도려내는 것 같아서 괴로워하다가 깨어난 참이었다.

"개 짖는 지역 일 킬로미터?"

헛것을 본 것일까? 아니면 개들이 놀 수 있는 특별한 장소라도 있다는 말일까? 여자가 눈을 뜨고 있었다면 나는 분명히 이렇게 물어보았을 것이다.

"아줌마! 혹시 이 근처에 강아지 놀이 공원이 있나요?"

나는 삼 일 전에 집을 나왔다. 첫날은 오락실에서 밤을 새웠다. 오락실 주인은 나 같은 어린아이도 눈치껏 잘 받아주었다. 게임을 실컷 즐겼지만 돈이 좀 나갔다. 둘째 날은 서울역 부근에서 노숙자들 틈에 끼어서 잠을 잤다. 가출한 아버지를 찾으러 다니는 아이처럼 행동했더니 그들은 의외로 친절했다. 하지만 나쁜 사람들에게 찍힐까 봐 신경이 많이 쓰였다. 집을 나와 보니 가장 불편한 것이 잠자리였다. 짱을 찾아갈까 하는 마음도 있었지만 그건 아닌 것 같았다. 돈이 많으면 여관에 들어갈 수도 있겠지만 그런 곳을 이용하기에는 내 나이가 너무 어렸다. 나는 빨리 어른이 되고 싶었다.

어젯밤 버스가 끊긴 거리에 서 있을 때 막막하던 순간을 빼면 나는 대체로 자유로운 편이었다. 마음이 불안해지면 한창 유행하고 있는 god의 노래를 흥얼흥얼 불렀다. 형들이 내 사정을 알고 위로해 주는 것 같았다. 나는 god 멤버 중에서 태우 형이 제일 좋았다. 특히 마지막 부분을 부르면 마음이 편안해졌다.

어머님은 어느새 깊이 잠이 들어 버리시고는 깨지 않으셨어 다시는
난 당신을 사랑했어요 한 번도 말을 못 했지만 사랑해요
이젠 편히 쉬어요 내가 없는 세상에서 영원토록
야이 야이 야아아, 야아 야아 야
그렇게 살아가고 그렇게 후회하고 눈물 흘리고 야아야아아~
그렇게 살아가고 너무나 아프고 하지만 다시 웃고 야이야이 야~
야이 야이 야아아, 야아 야아 야

짝지인 준식이를 때리고 괴롭혔지만 일이 이렇게 커질 줄 몰랐다.

텔레비전에서 학교폭력이니 추방이니 하면서 떠들어도

그 애는 영원한 내 밥이었다. 하지만 녀석이 이런 사실을 부모에게 일러바칠 거라는 생각을 하지 못했다. 준식이 엄마가 학교에 와서 거품을 물었고 나는 교무실로 불려갔다. 우리 담탱이는 내 면상을 후려치고 싶은 표정으로 낮게 말했다.

"너 커서 뭐 될래?"

그때 나는 담탱이가 보신탕을 맛나게 먹을 인간이라고 단정했다. 그 질문은 무슨 일을 하고 싶니? 묻는 것과 달랐다. 뭐가 될래? 따위로 물어보는 인간에게 내 꿈을 말할 필요성을 느끼지 못했다. 언젠가 강아지 장례식장 말을 꺼냈다가 외숙모에게 무안을 당한 뒤로는 함부로 꿈을 말하지 않는다. 그때 엄마조차도 땡감 씹은 얼굴이 되면서

"너는 왜 그렇게 사람 속 뒤집는 소리만 하니?"

하며 머리를 쥐어박는 시늉을 했었다.

일이 이렇게 될 줄 알았다면 준식이를 좀 더 야무지게 손 봐줄 걸 싶었다. 하지만 솔직히 녀석이 많이 부러웠다. 엄마는 내가 맞고 들어가면 바보냐고 쥐어박고 때리고 들어가면 깡패 될래? 하면서 머리통을 내려칠 사람이다.

준식이 엄마가 학교에서 소란을 피우던 날, 나는 집에 오는 대로 외숙모 화장대 서랍을 뒤졌다. 만 원짜리를 열

장 정도 챙겨서 집을 나오는데 앞으로 벌어질 소동에 키득키득 웃음이 나왔다. 엄마는 우리 담탱이를 코너로 몰아넣었을 것이 분명했다.

"초등학교 육학년짜리가 폭력을 쓰면 얼마나 썼겠어요? 폭력은 오히려 선생님이 쓴 거지요, 애를 얼마나 닦달했으면 가출까지 했겠어요? 우선 아이부터 찾아주세요."

준식이 부모와 우리 엄마 사이에서 우거지 상을 하고 있을 담탱이를 생각하면 잠시 신이 나지만 마음은 여전히 불편했다.

강남 고속버스터미널에서 내 계획은 대충 정해졌다. 먼저 부산으로 내려가서 아버지를 만나본 다음에 부두로 갈 예정이었다. 우리 집은 영주동 산복도로 위에 있기 때문에 큰 배를 쉽게 볼 수 있었다. 부두까지 가 본 적은 없지만 찾아가는 것이 그리 어려운 일도 아니었다. 일본으로 가는 배나 컨테이너에 숨어들어 이 땅을 떠나는 것이 나의 일차 목표라면 야쿠자가 되는 것이 이차 꿈이었다.

나는 아버지처럼 살고 싶지 않았다. 외숙모 집으로 온 지 일 년이 되었지만 아버지를 보고 싶은 적이 한 번도 없었다. 그러나 오늘 아침에 바쁘게 출근하는 남자들을 보는 순간 내 마음이 슬퍼졌다. 아버지도 양복을 입고 회사로 가던 적이 있었다. 돌이켜보면 불과 삼 년 전의 일이었다. 그 바람에 나는 앞뒤 생각하지 않고 버스표를 끊었던 것이다.

옆에 앉은 여자가 이것저것 물어볼까 봐 신경이 쓰였는데 흘깃 한 번 쳐다볼 뿐 말이 없었다. 나는 외숙모처럼 늙은 여자들이 무섭고 싫었다.

며칠 전 일이었다. 계속 나를 몰아세우던 외숙모가 잠긴 목소리로 말했다.

"너 자꾸 거짓말할래? 정말 유황불 지옥에 떨어지는 고통을 맛보고 싶니?"

그러거나 말거나 나는 우겼다.

"외숙모, 나는 정말 엄마가 두고 간 것인 줄 알았다니까요."

"그 돈이 방바닥에 떨어져 있었다고? 어쩜 아이가 눈썹 하나 까딱하지 않고 이렇게 거짓말을 할까? 그래, 그건 그렇다 치고 그 돈으로 뭘 했는지 다시 말해 봐."

"잃어버렸어요."

"잃어버렸어? 애 좀 봐, 그럼 어제 오락실에는 무슨 돈으로 갔었니?"

"오락실에 안 갔는데요."

"내가 오락실 주인에게 물어보고 확인을 했다니까?"

나는 고비를 어떻게 넘길까 계속 고심했다.

사건의 발단은 컴퓨터였다. 집에 컴퓨터가 있으면 게임방에 가지 않아도 될 텐데 엄마는 항상 내 말을 무시했다.

"컴퓨터라니? 평생 이렇게 여기 빌붙어서 살래?"

이 말 한마디면 어머니와 나의 게임은 자동 아웃이 된다.

방 한 칸 얻을 수 있을 때까지만 있겠다고 찾아온 곳이 외숙모 집이다. 그때 놀라 자빠지던 외숙모의 표정을 나는 지금도 생생하게 기억하고 있다.

"고모, 계획을 세워야지. 이렇게 빈 몸으로 집을 나오면 어떡해요?"

"오죽하면 내가 이러겠어요?"

"그럼 계속 우리 집에 있겠다고 온 거예요?"

"계속은 아니에요. 방 한 칸 얻을 돈만 되면 붙들어도 나갈 거니까 걱정 말아요."

이런 판에 컴퓨터를 사달라고 말을 꺼낸 내가 잘못이었다. 솔직히 게임 방에서 쓰는 돈쯤은 준식이에게 뜯어내는 것으로도 충분했다. 그런데 동네 형들 때문에 엄마 지갑이나 대학생인 복희 누나의 책상 서랍 혹은 외삼촌 바지 주머니를 뒤졌던 것이다. 형들 때문에 돈을 뿌렸다고 하면 내 목숨은 스타크래프트에 등장하는 프로토스 병사처럼 그날로 끝장이다. 스타크래프트가 스타워즈의 상대가 될 수 없는 것처럼 나는 짱이나 엄마와 외숙모, 복희누나를 이길 수가 없다. 그들이 나보다 세상에 먼저 태어났고 그만큼 힘이 센 무기를 많이 가지고 있기 때문이다. 컴퓨터 속에서는 위기에 처하거나 부상을 입으면 갑옷에 부착된 장치들을 통해 순간이동을 할 수 있지만 현실에서는 불가능하다. 그래서 나는 다양한 기능을 내 마음대로 사용할 수 있는 컴퓨터 게임을 좋아한다.

지난 가을, 학교를 땡 치고 오락실 주변을 맴돌다가 짱에게 찍혔다. 형들은 걸핏하면 한 번 죽어 볼래? 하거나, 아픈 맛 좀 보여줄까? 라고 말했다. 하지만 내 돈을 뺏어가는 대신 세상에 공짜가 없다며 다른 아이들을 괴롭히는 방법을 가르쳐 주었다. 짱은 사람을 때려도 표가 나지 않게 그러나 매우 아프게 때린다. 며칠 전에는 맞아 죽을 각오를 하고 짱을 째려보았다. 형은 손가락을 쫙 펴더니 내 머리를 누르면서

"이 새꺄, 살까게 야리지 말고 짜져!"

라고 했다. 째려보지 말고 빨리 꺼지라는 말이었다. 컴퓨터 속이었다면 원빵을 했겠지만 그는 나보다 다섯 살이

많고 그만큼 힘이 셌다. 그날 밤, 엄마에게 태권도 도장에 보내 달라고 떼를 썼다.

"시끄러워! 걸핏하면 애들을 때리고 다니는 놈이 태권도를 배우겠다고? 깡패 될래?"

"아니야, 깡패들을 혼내주려고 그래."

"그럼 경찰이 되어야지 왜 태권도를 해."

"깡패를 잡으려면 태권도는 기본이야."

"그럼 경찰 하지 마."

엄마는 말이 통하지 않는다. 내가 당근이지, 하면 정말 빨간 무를 말하는 줄 아는 정도이니까.

외숙모가 한숨을 내쉬며 말했다.

"성겸아, 기도하자."

긴 싸움이 끝났다는 신호였다. 나는 외숙모 머리 위에 걸린 벽시계를 훔쳐보며 얼른 무릎을 꿇었다. 한 시간 이상 거짓말로 버틴 내가 정말 대견했다.

"주여, 이 불쌍한 어린양을 구해주소서. 거짓이 죄를 낳고 죄가 사망을 낳는다는 진리를 깨닫게 하소서."

외숙모가 내 어깨를 붙들고 기도하기 시작했다. 그때 퇴근한 엄마가 들어왔고 나는 바로 뒷덜미를 잡혀 방으로 끌려갔다.

"죽어라 이놈아. 서방 복 없는 년이 자식 덕인들 있을까?"

복희 누나가 말리지 않았더라면 그날 나는 거짓말을 한 죄가 어떻게 사망으로 연결되는지 알게 되었을 것이다. 하지만 내가 죽었다면 엄마는 아버지 손에 죽었을 것이고 아버지는 아마 외삼촌의 손에 사망했을 것이 분명했다. 그러나 외삼촌을 사망시킬 사람은 끝까지 떠오르지 않았다.

여자가 잠을 자는 바람에 창 쪽에 앉은 나는 꼼짝없이 갇혀버린 꼴이 되었다.

차창을 옷소매로 닦고 바깥을 내다보았다. 빗방울이 눈물처럼 바람에 밀려 흩날리고 있었다. 아롱이의 눈에 고여 있는 눈물, 어머니의 볼에 흘러내리던 눈물이 그 위에 겹쳐졌다.

나는 엄마가 소리 내어 우는 것을 본 적이 없다. 하지만 잠결에 한숨을 쉬거나 내 뒤통수를 어루만질 때 얼굴이 젖어 있다는 것을 느낄 때가 있다. 속내를 드러내지 않지만 가끔 나쁜 놈, 더러운 놈, 하며 중얼거린다. 그럴 때는 아버지 생각을 하고 있다는 것을 안다. 나는 아버지가 보고 싶지는 않지만 함께 있으면 좋겠다고 생각할 때가 더러 있다.

엄마는 내 밥을 차려놓고 일찍 출근한다. 나는 혼자서 가방을 챙기고 혼자 밥을 먹은 뒤 혼자 학교에 간다. 학교가 가까이 있어서 등교하기 수월하지만 엄마는 직장까지 지하철을 두 번이나 갈아타야 한다고 들었다. 대형 백화점 지하에 있는 일식집에서 일하는 엄마는 그릇이 무거워서 팔이 뻣뻣해질 때가 많다고 했다. 그런 푸념을 하다가도 돈벌이가 괜찮으니 좀 더 붙어 있을 작정이라고 한다. 쉬는 날이면 온종일 잠을 자는데 앓는 소리를 낼 때가 많다. 그럴 때면 나도 훌륭한 사람이 되어야겠다고 마음을 먹지만 그 다짐은 오래가지 않는다.

추풍령 휴게소에서 잠깐 쉰 버스는 다시 달리기 시작한다. 사람들의 입김으로 차창이 금방 흐려진다. 나는 심심해서 검지로 유리창에 글자를 써 본다.

하우스, 마이 하우스, h, o, u, s, e… my horse?

중간에 u가 들어가는지 r이 들어가는지 헷갈린다. 휴게소에서 화장실을 다녀온 여자는 또다시 의자를 뒤로 젖히고 자고 있다. 갈색 가방에 눈길이 가자 새삼스럽게 가슴이 뛰기 시작한다. 고개를 빼고 주위를 휘둘러본다. 앞자리 사람 머리통이 보이지 않는 것으로 보아 여자만 자고 있는 것이 아닌 것 같다.

가방에 눈길이 가면 가슴이 쿵쾅거린다. 나는 외숙모 돈을 슬쩍한 적은 있지만 남의 돈은 한 번도 훔쳐본 적이 없다. 내가 그런 짓까지 한다면 엄마가 무척 슬퍼할 것 같다.

엄마는 내가 봐도 미인에 속하는 사람이다. 골프장에서 캐디로 일할 때 엄청 인기가 있었다고 들었다. 지금도 텔레비전에서 골프 대회 장면이 나오면

"나도 한때는 저 필드를 누비고 다녔지."

라고 말한다. 그럴 때면 외숙모의 입이 이상하게 비뚤어지고 코에서 방귀 소리가 난다. 엄마는 절대로 외숙모에게 지는 법이 없는데 두 사람이 엎혀사는 지금도 여전하다. 그 이유는 외삼촌에게 있다. 외삼촌이 엄마를 얼마나 끔찍하게 생각하는지는 내 눈에도 보일 정도다.

"오빠, 사람이 어쩌면 그렇게 쉽게 변할 수 있는지 믿어지지 않아요."

엄마가 나를 데리고 외삼촌 집에 왔을 때 했던 말이었다.

"그런 곳에 갔다 오면 사람 버리게 되어 있다."

"자기가 능력이 안 되면 나라도 돈을 벌어야 할 거 아니

에요? 그런데 일일이 시간을 따지고 가방은 물론..."

엄마는 여기서 말을 끊고 울먹이며 목소리를 낮추었다.

"...속옷까지 검사하겠다고 드는데... 거기다가 성겸이를 자기 자식이 아니라고 억지소리에다 손찌검까지... 나도 이제 한계에 온 것 같아요."

외삼촌은 한숨을 내쉬며 어머니를 다독였다.

"잘 왔다. 도박이나 의처증 같은 병은 절대 못 고친다. 어차피 마음먹고 올라왔으니 이참에 새 출발을 하도록 해라. 몰래 아파트 담보한 것까지는 그렇다고 치자. 그런데 고객이 맡긴 돈을 빼돌려 투자를 했다니 옳은 정신을 가진 사람이냐? 말이 좋아 공금 횡령이지 그게 사실 도둑질이 아니더냐? 하지만 나무라봐야 무얼 하겠니? 한동안 여기 있도록 해라. 빈방도 있고 네 언니도 사랑이 많은 사람이니 아무 걱정하지 말고..."

"그래요, 고모. 잘 왔어요."

부드러운 말과 달리 외숙모의 콧등은 종잇조각처럼 구겨졌다. 그때까지만 해도 나는 며칠만 머무르다 내려가는 것으로 알았고 외숙모도 당연히 그렇게 생각한 것 같았다. 상황을 나쁜 쪽으로 몰고 간 것은 아버지였다. 아버지는 걸핏하면 외숙모 집에 와서 행패를 부렸다. 나는 아버지의 그런 행동을 이해할 수 없었다.

내가 초등학교 이학년 때까지만 해도 우리 집은 괜찮았었다. 아버지가 은행에 근무하고 있어서 평생 돈 걱정은 하지 않아도 된다고 믿었다. 그런데 아버지가 외국 지사에서 근무하다 온 뒤로 이 지경이 되어 버렸다. 지금은 나도 철이 들어서 그때 엄마가 거짓말을 했다는 것을 안다. 그동안 아버지는 교도소에 있었던 것이었다.

"내가 콩밥을 먹고 있을 때 네년은 어떤 놈을 끼어 차고 놀았어?"

예전에는 듣지 못했던 말투였다. 처음에는 엄마도 아버지를 달래는 것 같았다. 갈수록 다툼이 잦아지고 가끔은 육박전도 일어났다.

아버지, 어머니, 엄마, 아빠라는 말은 초콜릿처럼 달콤하고 우유처럼 부드럽다. 그러나 언젠가부터 그 단어들은 잘못 건드리면 손가락을 벨 것 같이 조심스러운 말이 되어버렸다. 엄마 아빠는 지금 이혼 소송 중에 있다. 좀 더 정확하게 말하자면 이혼 신청을 했지만 아버지가 도장을 찍어 주지 않아서 시간이 오래 걸리는 모양이다.

하지만 엄마는 지금도 아버지를 사랑하고 있는 것이 분명하다. 욕을 하지만 표정에 아쉬움과 쓸쓸함이 더 많이 묻어 있는 것을 보면.

두 달 전쯤에도 아버지는 외삼촌 집에 와서 난동을 부렸다. 외삼촌은 아버지가 휘두르는 주먹에 맞아 눈덩이가 부어올랐고 화가 난 복희 누나가 신고를 하는 바람에 순경들이 들이닥쳤다. 파출소에서 무슨 일이 있었는지 모르겠지만 그 뒤로 집으로 오지는 않았지만 밤늦게 전화를 하는 모양이었다.

태안에 있는 화력발전소에 근무하는 외삼촌은 사원아파트에서 지낸다. 그래서 외숙모가 태안으로 내려가기도 하고 외삼촌이 주말에 올라올 때도 있다. 외삼촌은 말귀를 알아듣지 못하는 경우가 많고 목소리도 싸우는 것처럼 크다. 엄마의 말로는 발전소가 시끄러워서 난청이라는 병이 생겼다고 한다. 그래서 아버지와 통화할 때는 주로 외숙모가 맡아서 하거나 통역을 하는데 그런 북새통이 따로 없다. 무엇보다 전화를 끊고 나면 그 화가 모두 엄마에게 돌아온다.

"세상에. 이제는 나에게도 막 대들어. 사람 탈을 썼다 뿐이지 짐승보다 못해. 한 번만 더 전화질해 봐라. 정말 따끔한 맛을 보여줄 테니…"

그럴 때 외숙모의 말투는 사랑이 넘치는 권사님의 목

소리가 아니다.

"당신에게 욕을 했다고?"

"그랬다니까요. 밤길 조심해서 다니라는데 아유 끔찍해."

"결혼하겠다고 했을 때 내가 말렸었지. 눈빛이 안 좋더라니까. 고약한 종자야."

아무리 외삼촌이지만 그렇게 말하는 것이 듣기 싫었다. 사실 엄마도 자기는 막말을 하지만 다른 사람이 아버지를 욕하면 엄청 싫어한다. 이런 걸 두고 가재는 게 편이라고 하는지, 피는 물보다 진하다는 말이 나왔는지 모르겠다.

내가 집을 나오기 며칠 전, 아버지에게서 전화가 왔었다.

"성겸이냐?"

마치 혼자 있는 것을 알고 전화를 한 것 같았다.

"성겸아, 나다. 아빠다. 지금 내가 많이 아프다. 네가 보고 싶어서 병이 났다."

나는 너무 무서워서 얼른 수화기를 놓아 버렸다. 다시 벨이 울려도 받지 않겠다고 마음을 먹고 있는데 더 이상 전화가 오지 않았다. 결국 나는 온종일 아버지의 전화를 기다린 셈이 되었는데 엄마에게는 그 말을 하지 않았다. 하지만 그 사실이 계속 내 신경을 건드렸다. 아주 많이,

그리고 오랫동안...

　김이 서린 차창에 house와 horse를 다시 써 보았다. 아무래도 horse가 맞는 것 같아서 손바닥으로 house를 지워 버렸다. 바깥에는 어느새 비가 그치고 안개가 연기처럼 풀풀 날아다니고 있었다. 나는 생각 속으로 빠져들었다.

　사실 집에서 나오기 전에 아롱이 문제부터 해결했어야 하는데 마음이 너무 바빴다. 아롱이가 죽으면 엄마는 또 신문지에 싸서 쓰레기통에 버릴까? 아파트에서는 분리수거를 하는데 어디에 버려지게 될까? 외숙모 말대로 다른 집에 주어서 팔자를 바꾸어 주고 싶다는 생각도 든다. 아롱이는 눈치가 빨라서 똥오줌을 잘 가린다. 목욕을 자주 시키고 털을 다듬어 주고 싶은데 사료도 겨우 얻어먹는 신세니 마음이 아프다. 나는 아롱이에게 선글라스를 사 주고 귀와 꼬리 염색도 해주고 싶다. 구강 스프레이와 귀 냄새 제거제도 나와 있다고 하던데 한 번도 해 주지 못했다. 서울로 올라올 때 녀석을 데려오지 않았더라면 어찌 되었을까? 아버지는 걸핏하면

　"이 새끼가 어디서 까불고 있어? 솥에 들어가면 반 그릇도 안 될 놈이..."

　하며 발길질을 했다. 외숙모는 지금도 아롱이를 다른

집에 보내자고 한다. 그럴 때마다 내 간은 콩알만해지고 엄마는 또 한 차례 외숙모와 입씨름을 벌인다.

"고모, 온 집안에 냄새가 나고 털이 날아다녀서 내가 미치겠다니까요."

"언니, 난들 좋아서 그러겠어요. 성겸이가 정 붙일 곳이 없다는 거 알잖아요."

"길을 막고 물어봐도 이런 법은 없어요. 고모가 나에게 맞춰야지 왜 나보고 맞추라고 하는 거예요? 길을 막고 물어 보라니까, 시누이가 아이와 개를 데리고 들어와서 일 년 이상 개기고 있는 사람이 조선 땅에 있는지..."

"나 방 한 칸 얻을 때까지만 봐주세요. 부탁 좀 합시다."

"부탁이 아니라 명령을 받는 기분인데요."

이쯤 되면 두 사람의 목소리는 칼날처럼 날카로워진다. 하지만 그렇게 바람막이가 되어줄 때 나는 엄마가 나를 사랑하고 있다는 것을 확인하는 기분이 된다.

아버지가 외국에 가 있을 때, 아니 감옥에 있을 때, 우리는 해운대 아파트에서 영주동 산복도로 위에 있는 주택으로 이사를 했다. 엄마는 그때부터 일식집에 일하러 다녔고 나는 혼자 집에 있는 시간이 많았다. 주인집 할머니가 치와와라는 강아지를 키우고 있었는데 내가 워낙 귀여워

하니까 새끼를 한 마리 분양해 주었었다. 나는 아롱이라는 이름을 지어 주고 동생처럼 정을 나누며 지냈다. 그런데 어느 날 녀석이 장염에 걸려서 계속 설사를 하기 시작했다. 며칠 뒤 학교에서 돌아왔는데 사료도 먹지 많고 시난고난 앓던 아롱이가 보이지 않았다.

"죽었다. 그래서 내다 버렸다."

엄마는 대수로운 일이 아니라는 듯이 말했다. 내가 소리 내어 울기 시작하자 엄마가 쓰레기통에 버린 녀석을 꺼내 보여주었다. 나는 아롱이를 싼 신문지를 펴 볼 수가 없었다. 동물병원에 데리고 갔으면 충분히 살릴 수 있었을 텐데 일부러 죽인 것이나 다름없었다. 내가 너무 슬프게 우니까 엄마가 나를 달랬다.

"성겸아, 울지 마라. 더 예쁜 놈으로 한 마리 사줄게."

그냥 다른 장난감을 하나 사주겠다는 말처럼 들렸다. 나는 녀석을 어딘가에 묻어 주고 싶었다. 장례식도 치러 주고 묘비도 세워 주고 그 앞에 꽃도 심어 주고 싶었다. 마당 귀퉁이에 묻겠다고 고집을 부렸더니 엄마는

"쫓겨나려고 작정했구나."

하면서 꿀밤 먹이는 시늉을 했다. 다음 날 새벽, 아롱이는 다른 쓰레기들과 함께 청소차에 버려졌다. 그날 나는

마음속으로 아롱이와 약속했다. 앞으로 내가 키우는 강아지는 모두 이름을 아롱이라 지어주고 나보다 먼저 죽으면 장례식도 치러 줄 거라고.

그렇게 다짐을 하다 보니 문득 어른이 되어서 그런 일을 하면 참 재미있겠다는 생각이 들었다. 텔레비전에서 혼자 사는 사람이 많아지는 만큼 동물을 키우는 사람이 늘어날 거라는 말을 들은 적이 있었다. 나도 형이나 동생이 있으면 강아지와 놀 시간이 없을 것 같았다. 주인집 할머니는 강아지와 이야기하고 같이 밥을 먹고 잠도 같이 잤다. 그런데 키우던 강아지가 죽으면 어떻게 할까. 나는 그 일을 해주는 사람이 필요하다고 믿었다. 장례식을 치러 주고 경치 좋은 곳에 땅을 사서 강아지 묘지를 만들어 돌보는 일은 상상만 해도 신이 났다. 친구들에게 말했더니 모두들 굿 아이디어라고 재미있어했다. 사업을 같이 하자거나 묘지를 예약하겠다는 아이들도 있었다. 하지만 지금 나는 그때처럼 공부를 잘하는 아이도 아니고 착하지도 않으니까 그 꿈을 접을 수밖에 없다.

"주여, 이 어린 양을 구해주소서. 착한 아이가 되게 인도하소서."

외숙모가 울면서 기도할 때면 내가 나쁜 아이라는 것을

확인하는 기분이 든다. 그리고 앞으로도 계속 나쁜 사람으로 살아갈 것 같아서 무서워진다. 주님이 외숙모의 부탁을 들어줄 것 같지는 않지만 내가 나를 나쁜 사람이라고 단정 짓는 것은 참 슬픈 일이다. 나도 사실 주님에게 부탁하고 싶은 것이 있다. 예전처럼 우리 가족이 행복하게 살 수 있도록 해달라고 기도하면 들어줄까? 주님은 정말 그런 힘을 가지고 있을까?

언제였던가. 비 오는 날, 엄마가 만들어 주던 뜨거운 부추전, 아버지가 젓가락으로 고추를 골라내고 내 입에 넣어 주었지만 엄청 매웠었지. 엄마는 남자는 매운 것도 잘 먹어야 한다고 웃었다. 그때 입안은 얼얼했지만 가슴속은 얼마나 편안했던가.

숙제를 하다가, 아니면 텔레비전을 보다가 잠들었을까? 나를 가슴에 안아 침대로 옮겨갈 때 맡았던 아버지의 냄새를 지금도 기억하고 있다. 술과 담배와 땀이 어울려 만들어 내던 아버지 냄새, 내 얼굴에 비벼대던 콧등과 수염의 감촉, 잠결에 들었던 두 사람의 말소리, 웃음소리.

주님이 어디 계시는지 알면 찾아가서 그런 시간들을 되돌려 달라고 부탁하고 싶다.

언젠가 외숙모 친구들이 놀러 왔을 때 그들이 쉬쉬하면

서 나누는 말을 엿들었다.

"벌써 몇 달째야?"

"처음에는 잠시 싸움을 하고 온 줄 알았지, 이렇게 오래 있을 거라고는 정말 생각조차 하지 못했어."

"아니, 맨발로 도망 왔다는 여자가 강아지는 왜 데리고 왔을까? 너 강아지 싫어하잖아?"

"누가 아니래? 그래도 우리 고모, 얼마나 당당한지..."

"오빠 빽 믿고 그런 것 아니겠니?"

"그 사람 피붙이 생각하는 마음 너들도 알잖아. 게다가 내가 명색이 교회 권사인데 쫓아낼 수도 없고 어쩌겠니. 그런데 애가 갈수록 제 아버지를 닮는 거 같아. 밥 먹는 거, 웃는 것, 심지어 걸음을 걷는 것까지도 제 아버지 판박이야. 이렇게 발뒤꿈치를 들고 걷는 것을 보면 솔직히 무서운 생각이 들 때도 있단다."

"어머, 어머, 완전 고양이 걸음이잖아."

외숙모가 내 걸음걸이를 흉내 내고 있는 모양이었다. 문 뒤에 숨어 서서 엿듣던 나는 얼른 발꿈치를 내렸다. 외숙모가 하는 말에 마음을 쓸 필요 없다. 누가 뭐래도 이 집은 외삼촌의 집이고 어머니는 외삼촌의 하나밖에 없는 여동생이다. 동생이 힘들 때 오빠가 도와주는 것이 당연하다는 생각이 든다.

차창 밖 멀리 큰 나무 위에 축구공처럼 둥근 까치집이 보였다. 외숙모 집 베란다에서도 전선의 이음매 부분에 지어 놓은 까치집이 있었다. 안전모를 쓴 아저씨들이 수시로 철거를 하지만 까치는 다시 그곳에 집을 지었다. 참 이상한 일이었다. 좋은 장소가 얼마든지 있는데 왜 하필 저런 자리에 둥지를 틀까. 나는 갑자기 새가 되고 싶어진다. 새가 되어 더 안전한 곳이 있다는 것을 가르쳐 주고 싶다. 눈을 감았다. 그러나 마음이 계속 여자의 가방 속으로 가면서 속이 뒤숭숭했다.

경산이라는 지명이 붙은 인터체인지를 지나친지 얼마 되지 않아서 버스가 멈추어 섰다. 사람들이 저마다 목을 길게 빼고 앞을 살폈다. 나도 몸을 일으켜 밖을 내다보았다. 도로 위에 차들이 밀려 있고 경적 소리도 들렸다. 운전사가 내리더니 한참 뒤에 올라왔다.

"사고랍니다. 일 킬로미터 전방에서 자동차가 다섯 대나 연쇄 충돌을 했다는군요."

사람들이 웅성거리기 시작했다.

"오중 충돌이라면 대형사고인데…"

"빗길에 미끄러졌나 봐… 이런 날씨에는 안전거리를 충

분하게 두고 운전을 해야지. 쯧쯧…"

"사람이 다쳤겠는걸, 고속도로에서는 사망 아니면 중상이지."

"수습하려면 시간이 꽤 걸릴 텐데 큰일 났네."

"구급차는 왜 빨리 안 올까?"

사람들이 제각기 한마디씩 거드는 가운데 내 귀에 들어오는 말이 있었다.

"이 지역은 원래 안개가 많고 커브가 심해서 비 오는 날이면 사고가 자주 일어나요. 아이구, 좀 조심하지. 곧 안개 구간이 끝나는데…"

누군가가 큰소리로 말했다.

"기사 아저씨. 문 좀 엽시다."

승강대 문이 열리고 사람들이 하나둘 버스 밖으로 나가기 시작했다. 옆자리의 여자도 일어나 손거울을 보며 얼굴 매무새를 다듬고 있었다.

"사고로 사람이 죽어 가고 있을 텐데 그 잘난 얼굴 보면 뭐 해."

하는 마음으로 여자를 흘겨보았다. 눈길이 여자의 옆모습에서 가방 쪽으로 옮겨갔을 때 갑자기 오줌통이 터질 것처럼 부풀어 올랐다. 내가 자리에서 일어나 밖으로 나가겠다는 시늉을 하자 여자가 무릎을 오므리며 길을 터 주었다. 통로에 서서 내려다보니까 가방 속이 훤하게 눈에 들어왔다. 짱의 말이 맞았다. 잘하면 그 속에 있는 것들을 모두 내 것으로 만들 수 있을 것 같았다.

"한 번 해보는 거야."

몇몇 남자가 갓길에서 담배를 피우거나 잡담을 나누고 있었다. 나는 그들 곁에 얼쯤하게 서 있다가 여자를 향해 손을 들어 보였다.

주변 사람들이 볼 때 그 여자와 내가 일행인 것처럼 느껴지기 충분한 제스처였다. 아버지를 만나겠다는 마음은 이미 안중에서 사라졌다.

"먼저 말을 건네는 거야, 아줌마 어디까지 가세요? 하고, 그녀가 대답하는 곳이 바로 나의 행선지가 되는 거지."

머릿속에서 가방 속에 있는 귀중품들이 내 호주머니로 옮겨오기 위한 여러 방법들이 떠오르고 있었다. 담배를 다 피운 한 남자가 버스 후미 쪽으로 가더니 가드레일 사이에 박아놓은 쇠말뚝 위에 몰래 오줌을 누고 있었다. 나도 그 옆에 붙어 서서 오줌을 갈겼다. 오줌통을 비우고 나자 배가 고플 때처럼 다리가 후들거렸다. 잠지를 바지 속에 잘 챙겨 넣은 뒤 심호흡을 했다. 고개를 들었을 때 큼직한 표지판 하나가 내 눈에 들어왔다.

안개 잦은 지역 1km

아까 본 개 짖는 지역이라는 표지판과 똑같은 크기와 색깔의 글씨였다.

나는 잦다는 말이 무슨 뜻인지 몰라서 고개를 갸웃거렸다. 멀리서 사이렌 소리가 들리기 시작했다. 구급차가 많이 출동했는지 그 소리가 크고 요란하기 짝이 없었다.

두껍아 두껍아

도 여사가 아침 일찍 문을 연다. 가게 앞마당에는 비에 떨어진 목련 꽃잎이 지저분하고 먹이를 찾는 참새 떼의 재잘거림이 소란스럽다. 두 손을 모으고 상계봉을 향해 절을 올린 도 여사가 젖은 마당을 쓸기 시작한다.

등산로 입구에 있는 도 여사의 가게에는 간판이 없다. 하지만 자세히 살펴보면 A4용지에 볼펜으로 갈겨 쓴 "좌천 수퍼" 라는 종이 한 장이 출입구 유리문에 붙어 있다. 가게라고 해보아야 적당하게 개조한 공간을 중심으로 작은 방과 부엌이 붙어있는 보잘것없는 곳이다. 하지만 조영남의 노래 가사처럼 있어야 할 건 다 있고 없을 건 없다. 우선 두 개의 냉장고 속에 각종 음료수가 빼곡하고 그 옆으로 두유와 초코파이 상자가 낮은 천장 끝에 닿아있다. 가게 중간에 버티고 선 기둥에는 땅콩 봉지와 오징어, 노가리, 육포 등이 들어있는 비닐봉지가 걸려있고 삶은 계란이나 라면도 끓여서 판다. 게다가 각종 찌개와 이름도 생소한 돼지 껍데기나 소 수구리탕 같은 음식이 나오는 식당을 겸하고 있다.

도 여사가 아침 단장을 하고 운동을 시작한다. 며칠 전 구포 장에서 산 반짝이 장식이 달린 꽃무늬 블라우스가 곱다. 낡은 카세트에 "카바레 지루박 음악 모음" CD를 넣고 쿵작쿵작 흘러나오는 리듬에 몸을 맡긴다. 힘을 빼고 지르박 여섯 박자를 밟기까지 시간이 제법 걸렸다. 무릎과 허리를 꼿꼿하게 펴고 퀵퀵, 슬로우 슬로우, 퀵퀵, 슬로우 슬로우, 하면서 뒷발을 모았다가 앞으로 나가는 동작을 반복한다.

지르박은 양발을 나란히 모으고 일자로 왔다 갔다 하는 워킹만 정확하게 해주면 된다. 춤을 잘 배운 여자들은 좁은 곳에서도 길게 추며 기본이 짧은 사람들은 넓은 곳에서도 쫑쫑거린다. 도 여사는 마루판 세 줄 정도의 보폭을 염두에 두고 기본동작에 집중한다. 춤은 사람들이 볼 때 아름답고 시원해야지 기교를 살살 부리며 돌리고 돌리고 하는 식으로 추면 안 된다. 가장 중요한 것은 파트너가 남자라야 신명이 나고 보기에도 좋다. 그러다 보니 부전시장에 있는 낙원 콜라텍의 단골손님이었는데 나이가 드니 그것도 옛날이야기가 되어 버렸다.

도 여사는 60년대 육체파 여배우였던 도금봉이 집안 언니라고 자랑한다. 그런 말을 할 때는 마치 자기가 연예인이라도 된 것처럼 콧대를 세운다. 검은 피부에 광대뼈가 나온 얼굴로 보아 그 배우와 거리가 멀지만 키가 크고 옷맵시가 있어서 다들 그런 양 여긴다. 하지만 이런 내력들을 나누던 이웃이 하나둘 떠나가면서 여사라고 불러 주는 사람이 줄어들고 있으니 갑갑한 노릇이다.

삼십 분쯤 운동을 하고 난 도 여사가 볼륨을 낮추고 부엌으로 들어간다. 예전에는 문만 열면 사람들이 돈을 들고 찾아왔는데 요즘은 손님이 가뭄에 콩 나듯 하니 재미가 없다. 하지만 산 입에 거미줄 치겠냐며 카세트에서 흘러나오는 노래를 따라 부른다.

두 명의 남자가 좌천 수퍼로 들어온다. 남색 제복에 짧은 방망이를 든 토지주택공사 순찰원인 영철 씨와 명수 씨다. 빈집이 늘어나는 만덕동을 위해 임시로 고용한 직원으로 하는 일이 많다. 우선 이사를 가는 현장을 찾아가 사진을 찍고 빈집을 표시하는 번호를 붙인다. 게다가 전기와 수도 계량기가 끊겼는지 확인하고 작은 텃밭이라도

있으면 경작금지라는 팻말을 꽂는다. 그렇다 보니 주민
들에게 눈총을 받을 수밖에 없다. 야간근무를 한 그들의
눈이 토끼처럼 빨갛고 푸석한 얼굴에 피곤이 가득하다.

"할매요. 라면 두 개만 끓여 주소. 밤새 돌아다녔더니
배가 고프네요."

할매라는 말에 춤 연습으로 펴졌던 도 여사의 미간에 주
름이 다시 모이지만 마수손님이라 참는다.

"비가 내리는데도 밤새 동네 염탐하러 다녔는가베."

라면을 끓이면서 내뱉는 도 여사의 말에 가시가 돋아
있다.

"어짭니꺼. 묵고 살자면 일을 해야지요."

김치와 공깃밥을 식탁에 놓으면서 도 여사가 혼잣말을
한다.

"흥. 어디 취직할 데가 없어서 이런 날도둑놈 회사에 다
닐까? 눈치를 보니 상학 문방구가 이사 갔는지 보러 온
것 같은데…"

그들은 못 들은 척하고 라면을 먹기 시작한다.

"엘 에친가, 지랄인가 아무리 약은 수를 써 봐라. 좌천
수퍼가 이사를 가는지… 오늘 회사에 들어가면 높은 놈들
에게 그리 전해라. 알았제?"

영철 씨가 볼멘소리를 한다.

"할매요. 우리는 그런 거 일러바치러 다니는 사람이 아입니더. 이 동네에 범죄가 일어나지 않도록 순찰하러 다닙니더. 생각해 보소. 우리가 지키지 않으면 못된 놈들이 빈집에 숨어서 담배 피우고 술 처먹고 본드 마시고 사고를 마이 칠 낀데요."

"금방 머시라켔노?"

도 여사의 목소리가 한 옥타브 낮아진다.

"할매가 편안하게 잘 수 있게 밤새도록 동네를 지켰다고 안 합니꺼."

명수 씨가 거든다.

"한 번만 더 말해봐라. 너거 눈에는 내가 할매로 보인다 이 말이제?"

목구멍으로 넘어가던 라면이 갑자기 멈추는 바람에 명수 씨는 사레가 들어 캑캑거린다. 욕쟁이로 소문난 도 여사가 가장 듣기 싫어하는 말이 할매라는 것을 깜빡하고 말았다.

"아이고, 죄송합니다. 도 여사님."

"됐고, 자주 볼 일이 없으니 이름은 잘못 부를 수 있다 치자. 그런데 너거가 우리 집을 지킨다고 했나? 택도 아닌 넘들이 남의 재산을 가로채려 하면서 지킨다고 했나? 내가 언제 너거한테 집 지켜달라고 한 적이 있었더나?"

도 여사의 얼굴이 벌겋게 되는 바람에 국물에 밥을 말던 영철 씨가 엉거주춤 일어선다.

"동네를 요 모양 요 꼬라지로 만들어 놓고 뭐시라, 지킨다꼬?"

동네 노인들에게 수시로 봉변을 당하는 두 사람은 사태가 심상찮다는 것을 바로 알아차린다. 도로가 반듯하고 넓어서 순찰에는 별 어려움이 없다. 하지만 일을 하다보면 노인들이 이것저것 묻는데 문제는 아무리 설명을 해주어도 말귀를 알아듣지 못한다는 사실이다. 게다가 어쩌다 한마디라도 실수를 하면 목숨을 부지하기 힘들다.

주먹을 불끈 쥐는 도 여사의 폼이 예사롭지 않아서 명수 씨는

"라면값 얼맙니꺼?"

엉덩이로 의자를 밀어내며 얼른 지갑을 꺼낸다. 그와 동시에 도 여사의 입에서 육두문자가 터져 나온다.

"내가 아무리 돈이 없어도 엘 에치 공사 시발 좆같은 놈이 주는 돈은 더러버서 안 받을란다. 이 쌔가 만발이나 빠져 뒤질 넘들아…"

하며 삶은 계란 옆에 있는 소금통으로 손이 가니 두 사람이 기겁을 한다. 명수 씨가 만 원짜리 한 장을 탁자 위로 던지며 튀어 나가자 영철 씨도 잽싸게 그 뒤를 따른다. 도 여사는 손바닥에 집어 든 소금을 그들을 향해 뿌리며 입에 거품을 문다.

"뭐시라? 적반하장도 유분수지. 동네를 요 모양 요 꼬라지로 만들어 놓고 집을 지킨다꼬? 날로 회를 쳐 먹어도 시원찮을 넘들이 뭐시라..."

삿대질을 하며 따라가던 도 여사가 제 분을 못 이겨 젖은 길바닥에 털썩 주저앉는다.

도망을 가는 두 사람의 기분이 그야말로 개떡 같다.

"시벌. 아침부터 늙은 년에게 소금 세례나 받고 이게 무슨 개좆같은 운명이고..."

영철 씨도 울고 싶은 마음이다.

"젠장맞을. 그때 공부를 놓치지 않았더라면 나도 공무원이 될 수 있었는데, 철가방만 들었다면 결혼에 노후 대책까지 한방에 해결되는데... 에라이... 멍텅구리 같은 놈아."

하면서 자기 자신에게 온갖 원망을 한다.

도 여사의 신세 한탄이 한동안 계속된다. 손님이 줄어

드는 것보다 더 속이 상하는 것이 동네사람들이 하나둘 떠나가는 것이다. 오늘은 이렇게 기갈을 부릴만한 건수가 생겼으니 망정이지 나날이 쌓여가는 울화를 삭일 방법이 없다.

한참 동안 씩씩거리던 도 여사는 카세트 볼륨을 한껏 올리고 다시 워킹 연습에 들어간다. 슬로우 슬로우 퀵퀵, 슬로우 슬로우 퀵퀵, 그녀의 입에서 한숨이 흘러나온다.

이 동네로 이사를 올 당시를 생각하면 꿈결만 같다. 33번 버스 기사였던 남편은 매달 착실하게 돈을 벌어왔고 도 여사는 그 돈을 알뜰하게 모았다. 전셋집에서 살다가 상계봉으로 올라가는 길목에 26평 2호 연립 주택을 한 채 살 때만 해도 세상에 부러울 것이 없었다. 이사한 첫날 밤 풀을 먹여 잘 손질한 옥양목 이불을 덮고 남편 품에 안겨 잠들었던 그때만 해도 도 여사는 졸졸졸 흐르는 개울물 같이 순하고 수줍음 많던 여자였다.

백 년을 함께 하자고 살갑게 다짐을 하던 남편이 젊은 나이에 세상을 떠나고 홀로 일어서기까지 얼마나 이빨을 앙다물었던가? 조롱박 같은 세 아이를 생각하며 막막해 있을 때 남편의 동료들이 같이 울어 주었었다. 그들은 죽은 사람이 불쌍하지 산 사람은 어떻게든 살게 되어 있다고, 기어들고 기어 나와도 집 한 채만 있으면 걱정 없다고 위로해 주었다. 눈치 보지 않고 살아갈 집이야말로 세끼 밥 먹는 일에 버금가는 일이라는 것을 누가 모를까. 바로 옆에 버스 종점이 있으니 그들에게 라면을 끓여주거나 막걸리 한 병씩 내놓았던 것이 동기가 된 셈이었다. 도로 쪽에 붙어 있는 큰방과 마루를 허물었더니 작은 가게가 나왔고 장사가 그럭저럭 되는 바람에 방을 하나 더 없앴다.

먹고 살 만해 지니까 그들이 추파를 던지기 시작했고 대놓고 옆구리 찔러대던 사람도 남편의 동료들이었다. 이런 솜씨라면 번듯한 곳에서 장사를 해도 되겠다는 말에 솔깃한 적도 있었다. 하지만 흔들리지 않았던 것은 이 집이 주는 믿음 때문이었다. 소주 한 병 앞에 놓고 밤늦도록 치근덕거리는 남정네부터 고무신 바꾸어 신으라고 유혹하는 사내까지 있었지만 남자는 애당초 관심이 없었다. 너 없으면 죽는다고 목을 매기에 잠시 망설였던 사내가 하나 있었지만 조강지처가 시퍼렇게 살아있었다. 도 여사는 한껏 기갈 부리는 것으로 그 인연을 끊었다. 남자 그늘에서 편하게 살 팔자였다면 허우대 멀쩡한 남편이 그렇게 일찍 세상을 떠나지 않았을 터였다. 이웃사촌이라는 말이 있더니 허물없이 어울리던 동네 사람들이 힘이고 빽이었다.

어느 날 동네 형님들을 따라 관광을 갔다가 새로운 세상을 알게 되었다. 한바탕 신나게 놀다 온 다음 날이면 힘이 나고 장사도 오히려 잘 되었다. 도 여사가 워낙 신바람이 많으니 동네 사람들이 그때부터 관광 계를 모으거나 주선하라고 등을 떠밀었다. 팀을 짜는 사람의 비용을 빼주니까 돈 안 들이고 놀다 오는 셈이었다. 버스 속에서 다리에 멍이 시퍼렇게 들도록 춤을 추고 나면 피로가 확 풀리는 기분이었다. 한때는 모르는 남녀끼리 짝을 맞추어 떠나는 묻지 마 관광이라는 것도 모아보았지만 오히려 스트레스받을 일이 많아서 그만두었다. 그런 과정에서 춤은 자연스럽게 배우게 되었다. 앞집 철이 엄마와 뒷집 옥이네와 어울려 춤 교습소를 드나들 때는 장사를 끝내기 무섭게 카바레로 달려갔다.

그때는 과부 냄새가 났던지 제비들이 파리떼처럼 달라붙었다. 그 똥파리들을 단숨에 떼어내는 방법으로는 욕설과 기갈이라는 파리채가 가장 효과적이었다. 어두컴컴한 조명 아래 향수 냄새를 솔솔 날리는 남자와 스텝을 밟으면 꿈결이 따로 없었다. 다리에 착착 감기는 스커트의 감촉을 느끼며 텔레비전에서 본 무희처럼 춤을 추었다. 그러다 보면 슬금슬금 구석으로 밀고가 엉덩이를 주물러대거나 알 품기를 하려는 엉큼한 남자들도 있기 마련이었다. 그들을 혼내는 방법은 아주 간단했다. 오른쪽 무릎을 세워서 사내의 사타구니를 힘주어 올려 치면 그야말로 한 방에 해결되었다. 단박에 소문이 나니 함부로 대드는 남자가 없었다. 하지만 정말 리더십이 좋고 신사적인 파트너도 많이 만났다. 그런 중에 매너가 좋고 마음에 드는 남자가 한 사람 있었지만 그는 딱 한 번 손을 잡아준 뒤로는 눈길조차 주지 않았었다. 처음에는 손이 거칠어서 그런가 하고 몸단장에 신경을 썼지만 소용이 없었다. 그래도 그와 블루스를 춘 기억은 몸을 섞는 것보다 여운이 오래갔다. 도 여사는 그 기쁨은 남자가 준 것이 아니라 원래 자기 속에 있었던 거라고 스스로를 달랬다. 그는 그냥 그런 것을 알게 해 준 한 바가지의 마중물이었을 뿐이었다고 생각하니 잊을 수 있었다.

춤 때문에 동네가 발칵 뒤집어진 일도 있었다. 하필이면 옥이네가 의처증 기질이 있는 남편에게 현장을 들킨 것이었다. 옥이네는 머리카락이 잘려 당시 유명한 여성 보컬 그룹인 와일드 케츠의 헤어스타일이 되어버렸다. 그리고 머리 모양처럼 팔자도 바뀌었다. 옥이네는 하루를 살아도 행복할 수 있다면 그 길을 택하겠다는 유행가 가사처럼 미련 없이 제비를 따라가 버렸다. 정작 꽁무니를 따라다니며 잘못했다고 빈 사람은 옥이 아버지였지만 옥이네는 끝내 돌아오지 않았다.

살다 보니 동네 사람들과 온갖 일을 다 겪었다. 애먼 소리에 머리채를 잡고 싸울 때도 있었지만 그런 것들은 다 힘이 있을 때 이야기다. 젊을 때는 잠시도 쉴 틈 없이 일을 해도 자고 나면 새 힘이 솟아났다. 뒷산 약수터 밑에 있는 배드민턴장에서 공을 치기 시작한 것도 남아도는 그 힘을 쓸 데가 없어서였고 상계봉도 그래서 찾은 셈이었다. 집에서 한 시간 남짓만 올라가면 온갖 형태의 바위들이 늘어서 있고 그 위에 서면 사방이 눈에 들어왔다. 낙동강 자락에 지은 화명동 아파트 단지의 행렬은 다른 세상처럼 낯설고 사람 사는 곳같지 않았다. 건너편으로 보이는 백양산 자락에도 아파트가 줄줄이 들어서니 눈길을 줄 데가 없었다.

"아이고 얄궂어라. 저 음달에서 누가 살겠다고 저리 닭장 같은 집을 지어댈까?"

동네 사람들이 모두 입을 댔지만 정작 빈 아파트가 없어서 못 판다는 말이 들렸다.

거기 비하면 낮은 슬래브 지붕이 옹기종기 모여 있는 만덕 동네는 사람이 사는 세상인 것 같았다. 도 여사는 상계봉 바위에 앉아서 버스 종점과 자기 집 지붕을 내려다보면서 그리움과 원망을 풀었다. 한껏 눈물을 쏟고 나면 누군가가 토닥토닥 등을 두드려 줄 때도 있었다. 뒤를 돌아보면 바람에 나뭇잎이 떨어지거나 굴러가는 소리였다. 한 번씩 그러고 내려오면 배꼽 부근이 단단해지고 장사도 신바람 날 정도로 잘되었다.

"이 집이 없었으면 내가 어찌 살았을까? 공장에 다니거나 남의 식당에서 그릇이나 씻고 있겠제? 그랬다면 우리 아이들을 옳게 키웠겠나?"

그렇게 혼자서 찧고 까불다 보면 집이 요술 상자처럼 느껴질 때도 있었다. 서푼어치도 안 되는 물건들을 팔아도 돈이 되었고 그 끝으로 자식들 공부시키고 시집 장가까지 다 보냈으니 고맙고 신기한 노릇이었다. 돌아보면 한달음에 달려온 것 같기도 하고 몇 생을 돌고 돌아 이 자리까지 온 것처럼 아득하게 느껴지기도 했다.

"사람살이가 어디 머리로 되는 일인가. 모든 것이 다 금정산 신령님의 은덕이지."

하며 도 여사는 아침마다 상계봉을 향해 절을 올렸다. 그리고 가끔은 울기 위해서 또 가끔은 보은의 마음으로 산을 올라갔다.

빗소리에 도 여사는 잠을 설쳤다. 올봄은 유난히 비가
잦았다. 슬래브 지붕에서 떨어지는 낙숫물 소리가 밤새
수돗물이 새는 것처럼 쏴쏴거렸다. 지은 지 오래된 건물
인데다 재개발 말이 나온 뒤부터는 전혀 손을 보지 않으
니 여기저기 문제가 생기는 것이 당연했다.

가게 문을 열 때쯤 비는 그쳤지만 구름은 여전히 비를
잔뜩 안고 있었다. 상계봉을 향해 두 손을 모은 도 여사는
소리를 내어 기도했다.

"금정산 상계봉 산신님요. 하느님, 부처님요. 오늘 오후
에 시청에서 집회가 열립니더. 우짜든동 사람들 데모하기
좋게 웃비만 참아 주이소."

데모는 뭐니 뭐니 해도 날씨 부조가 가장 큰 법이라 정
성을 담아 절을 올렸다.

이 년 전 추석을 딱 일주일 앞두고 토지주택공사에서 보
낸 보상금 통지문을 받았었다. 자기들 회사 사정으로 계
속 미루던 보상금 액수가 예상했던 것보다 적어서 주민들
의 불평이 봇물처럼 터져 나왔다. 사람들이 마을 복판에
있는 놀이터로 모여들었고 그날부터 투쟁이 시작되었다.

주민들은 시청과 북구청, 한국토지주택공사와 국회의원 사무실을 찾아다니며 번갈아 시위를 벌였지만 뾰족한 방법이 없었다.

"법대로 집행했으니 법적인 절차를 밟아 항의하십시오."

그들의 대답은 한결같았다.

도 여사의 눈길이 셔터가 내려진 상학문방구로 옮겨가자 가슴 쪽이 살살 아파오기 시작했다. 2004년도 3월에 상학초등학교가 들어서는 것과 함께 문방구점을 열었던 철이네는 며칠 전 이사를 가야겠다면서 도 여사의 눈길을 피했다.

"죽을 때까지 이 동네서 살자고 약속 안 했더나?"

입 밖으로 나오는 말을 꿀꺽 삼켰고 철이네도 다른 변명을 하지 않았다. 말하지 않아도 피차 이유를 알고 있는 터였다. 사람들이 하나둘 떠나가는 바람에 장사가 되지 않으니 살길을 찾아가는 것이 당연하지만 야속한 마음이 앞섰다.

"아무리 날뛰어 봐야 대답이 있더나. 이제라도 먹고살 자리 찾아봐야겠다."

그런 말을 한 뒤로 가게를 물색하러 다니는지 눈치였다.

돌아보면 10년 전만 해도 만덕동은 사람들로 넘쳐나던 동네였다. 개발에 들어간 만덕 5지구는 주택이 1,500세대가 훨씬 넘었고 세 들어 사는 사람들도 많아서 버스 정류소마다 출퇴근하는 사람들로 붐볐다. 골목에는 노인과 아이들이 넘쳐났고 싸우거나 노는 소리가 끊이지 않았었다.

없는 동네에 아이들이 많은 법이라 만덕초등학교에서는 교실이 부족해서 도 여사집 뒷산 중턱을 허물고 상학초등학교를 지었다. 첫해에 만덕초등학교 학생 오백 명이 상학초등학교로 옮겼고 코흘리개 입학생이 백 명이 넘었으니 아침마다 상학문방구 앞이 북적거렸다. 철이 엄마는 집 맞은편에 문방구가 하나 더 생기는 바람에 일요일에도 쉬지 않았다. 그렇게 몇천 명이 터 잡고 북적거리던 동네였는데 올해는 겨우 여덟 명이 입학했다는 소문이었다.

아파트가 들어서면 살림살이가 좋아질 거라고 했지만 도 여사는 고개를 흔들었다. 눈길이 건너편 백양산 기슭에 머물면 숨이 막히는 기분이었다. 신 만덕에는 이미 오래 전에 산 중턱까지 고층아파트가 들어섰다. 도 여사는 누가 묻기라도 하는 것처럼 한숨을 쉬며 말했다.

"어이구, 나는 공짜로 준다 해도 저런 집에서 못 산다. 몇억짜리 아파트 깔고 앉았으면 뭐 하노. 돈이 한 푼 나오나, 밥이 나오나?"

확성기 소리가 들리기 시작하자 도 여사는 카세트를 끄고 귀를 기울인다.

"주민 여러분 안녕하십니까? 오늘 오후 두 시부터 시청 앞에 집회가 있습니다. 우리는 엘 에이치 공사로부터 재산을 지켜야 합니다. 한 시부터 만덕약국 앞에서 봉고 버스가 여러분을 실어 나를 것입니다. 한 분도 빠짐없이 참석하셔서 주민들의 단결된 힘을 보여주시기 바랍니다."

"아무렴, 힘을 보태야지. 보태야 하고 말고..."

도 여사는 맞장구를 친다. 비가 내리지 않으니 천만다행이다. 투쟁 위원회에서 무슨 일을 어떻게 하고 있는지 모르겠지만 이 동네가 살아남을 수 있다면 무엇인들 못할까? 그 마음 하나로 꼬박꼬박 집회에 참석한 것이 오늘까지 오십 번이다. 냉장고 속에 든 박카스 두 병을 꺼내 들고 밖으로 나온 도 여사는 트럭을 세우고 음료수를 건넨다.

"아이구 욕본다. 비가 안 와서 다행이제? 다 상계봉 신령님 은덕이다."

"어무이, 점심 잡숫고 일찌감치 동사무소 앞으로 내려오이소."

투쟁 본부에서 일하고 있는 기철 씨의 말이 고맙다. 직장생활 하느라 고단할 텐데 주말마다 나와서 집회를 이끌어 가는 것이 미안하고 걱정도 된다. 트럭이 멀어지고 확성기 소리도 작아진다.

상계봉을 올려다보니 병풍바위가 잘 다려놓은 주름치마처럼 정갈하다. 옅어진 구름 사이로 해가 드러나면서 가게 앞 고무 대야에 줄줄이 심어놓은 상추와 쪽파 잎에 달린 빗방울 속으로 햇살이 스며든다. 도 여사는 그 앞에 쭈그리고 앉아 빗방울 속에서 반짝이는 아침 해를 들여다본다.

시청 앞 광장에 집회가 벌어지고 있다. 화단가 나무 사이에 플래카드가 걸려있고 주민들이 직접 만든 만장들이 바람에 펄럭인다. 비상대책위원회 대표가 주먹으로 허공을 찌르며 구호를 외친다.

"서민 죽이는 L.H 공사, 허울 좋은 주거환경개선사업 포기하라."

"원주민을 강제로 쫓아내는 국가 폭력 즉각 중단하라."

"살인적 보상가로 원주민 갈 곳 없다."

"똥값 보상 웬 말이냐, 만덕 주민 다 죽는다."

경찰관과 의경들은 짐짓 무표정한 얼굴이다. 하지만 혹

시라도 이들이 시청 안으로 난입을 할까 긴장한 채 정문을 막고 있다.

봄에 깐 병아리 가을에 세어본다는 속담처럼 보상금만으로 입주할 수 없다는 사실을 뒤늦게 안 주민들은 반발하기 시작했다. 국가 공기업인 한국토지주택공사에 항의하고 시청과 북구청에 허가 과정에 있었을 의혹들을 제기했다. 처음에는 보상금을 더 받으려고 벌였던 투쟁이 시간이 지나면서 개발 자체를 반대하는 쪽으로 흘러갔다.

도 여사는 어떤 이유로 만덕동이 환경개선지구로 지정되었는지 알 수 없었다. 헌 집 주면 새집으로 바꿔주겠다는 통반장들의 말에 혹하여 동의서에 도장을 찍은 사람들이 화근이었다. 문제는 도 여사처럼 도장을 찍지 않은 사람들이 버젓이 동의자 명단에 들어가 있다는 사실이었다.

데모에 참가한 사람 대부분이 늙은이들이라 몇 번만 구호를 따라 하면 목이 마르고 입술이 타기 마련이다. 이때 주민들의 사기를 높이는 것이 풍물이다.

해가 바뀌면 만덕동 사람들은 상계봉에 올라가 산신제를 지냈다. 동네 사람들이 무탈하기를 빌었고 그 끝으로 골목마다 풍물을 치고 지신을 밟는 놀이가 계속되었다. 그 북과 장고와 꽹과리와 징이 지금은 싸움의 수단에 사용되고 있는 셈이었다. 굿거리와 자진모리장단으로 넘어가자 잠시 숨을 고르고 있던 몇몇 사람들이 자리에서 일어나 어깨춤을 추기 시작했다. 그리고 휘모리장단이 몰아칠 때쯤이면 아득한 원시 시대, 큰 짐승을 잡아놓고 기쁨에 겨워 추었을 춤사위가 나왔다.

건물 안에서 이런 모습을 바라보고 있는 건축과 직원과 북부경찰서 형사와 토지주택공사 직원의 얼굴이 똥 씹은 것처럼 비틀어졌다.

"시펄. 다 된 밥에 코 빠진다더니 계속 밀어붙였으면 지금쯤 입주까지 끝났을 일인데... 하필이면 그때 빚투성이가 된 토지공사를 주택공사와 합치는 바람에 이 지경이 되었지. 사실 주민들 입장에서는 데모를 하고도 남을 일이라. 삼 년 전에 보상금을 받았다면 다른 곳에 집을 장만할 수 있었을 거니까, 그때만 해도 집값이 이만큼 오르지 않았으니..."

하지만 그들은 느긋하다. 이 나라가 아파트 공화국으로 바뀌는 과정에서 저렇게 저항하는 인간들을 한두 번 보았나. 아무리 날뛰어본들 시간이 지나면 사분오열되고 저들끼리 싸우다가 나가떨어진다는 것을 알고 있기 때문이다. 제풀에 주저앉거나 기가 넘어 자빠지거나 적당하게 도망가는 사람들이 점점 많아질 것이니 무반응이야말로 최상의 작전이다.

허가받은 네 시간의 집회가 끝나고 사람들이 하나둘 봉고버스에 오른다. 오늘도 아무 소득이 없는 것 같아 지친 표정이 역력한 얼굴들이다.

"니기미, 다음에는 밀양 송전탑 할매들처럼 나도 옷을 벗을까? 신문쟁이들이 그 사진을 실으면 저놈들이 좀 달라질까?"

심이 네가 하는 말이다.

"하이고오, 참 볼만 하겠네."

"다 늙어 쭈그러진 몸, 못 벗을 것도 없지러."

모두들 떫은 감을 씹은 표정이다.

심이네는 70년대 말 영도 고갈산 중턱에서 만덕동으로 강제 이주해 왔으니 토박이나 다름없다. 그 뒤로 평생 만덕 시장 앞에서 푸성귀 다듬고 묶어서 팔았다. 그 돈으로 자식들 키워서 제 갈 길 보내고 나니 17평짜리 4호 연립 한 채가 남았다. 허리와 손가락이 마디마디 굽었어도 살아온 가락이 있어 여든을 넘긴 지금도 난장에서 채소 나부랭이를 판다. 자식들에게 손을 벌리는 것보다 훨씬 낫다고, 속주머니에 넣어둔 돈 힘으로 산다고 큰소리치는 심이네다. 몇 달 전에 큰아들이 이미 보상금을 수령해 갔다는 소문이 도는데 그 사실을 모르는 심이네는 꼬박꼬박 집회에 참석하여 내 집에서 살겠다고, 앞장을 서서 소리를 지른다.

요즘 들어 도 여사는 포클레인이 집을 때려 부수는 꿈을 자주 꾼다. 금정산 뒷자락 비탈에 형성된 구 만덕에 둥지를 틀고 살아온 지 삼십 년, 26평에 낡은 집에 보상금이 일억 나왔다. 허가를 내지 않고 장사를 했으니 따로 받는 혜택도 전혀 없다. 일억이면 큰돈이지만 집이 가진 가치나 쓸모로 따진다면 턱도 없는 금액이다. 그 돈으로 어디서 이런 알짜배기 자리를 구할 것인가? 무엇보다 견딜 수 없는 것은 밤이면 동네에 불빛이 없다는 사실이다. 그러다 보니 얼마나 더 버틸 수 있을지 자신이 없다. 시도 때도 없이 계속 흘러나오는 도 여사의 한숨소리가 봉고차 속을 가득 채운다.

한바탕 춤 연습을 끝낸 도 여사의 기분이 날씨처럼 상쾌하다. 오월 들어 첫 일요일에다 날씨까지 좋으니 오늘은 등산객들이 제법 있을 것이다. 만덕 사거리부터는 계속 오르막이라 좌천 수퍼 부근에 오면 대부분 생수나 음료수를 찾게 되어 있다. 게다가 해 질 무렵 만덕 쪽으로 하산하는 사람들이 잠시 다리쉼을 하면서 술 한 잔 나누기 딱 알맞은 장소다. 내기 배드민턴을 치고 내려오는 동료 회원들이 아침부터 막걸리를 찾을지도 모른다.

도 여사는 오늘도 어느 때처럼 상계봉에 절을 세 번 올린 뒤 한바탕 춤 연습을 끝냈다. 음악을 틀어놓고 어제 구포 장에서 사 온 물건들을 손질하느라 바쁘지만 엉덩이는 엄청 가볍다. 동태와 조기 등은 매운탕 거리고 돼지 껍데기와 소수구리 탕은 술안주로 나간다. 이런 것들은 고기를 푸짐하게 넣어주어도 돈이 남는다.

"쌍계봉 산신령님요, 지난 일요일 날 해가 나게 해 주셔서 너무 고맙십니더. 나는예. 아무 욕심이 없습니더. 오늘 많게도 적게도 말고 안주 열 개만 나가게 해 주이소."

하지만 앞집, 뒷집 윗집, 아랫집 할 것 없이 비어있는 동네에서 안주 열 개가 가당키나 한 것인가? 그래도 도 여사는 부탁대로 되지 않았다고 지청구를 한 적이 없다. 한창 장사가 잘될 때는 새마을 금고 직원이 매일 장삿집들을 돌아다니면서 일수식 적금을 수금해 갔다. 도 여사뿐만 아니라 철이네도 옥이네도 그렇게 목돈을 만들어 썼다. 손바닥만 한 부식 가게, 지물포, 철물점으로 먹고살던 이웃들은 늙은이가 되어도 자식들에게 손 벌릴 일이 없을 거라고 든든해 했었다. 그러던 사람들이 동네를 떠나가면서 하나같이 말했었다.

"아이고오, 도 여사도 빨리 보상금을 받아 살길을 찾는 것이 상수요, 나라에서 하는 일을 어떻게 막을 거요. 계란으로 바위 치기지."

"노후 단도리 잘 해야 합니더. 우짜든동 다시 자리 잡아서 내 손으로 돈 벌어 써야 합니더. 알았지예?"

진심을 담아 하는 말들이었다. 그런 소리를 듣는 날은 새벽을 밟고 상계봉으로 올라갔다. 그들은 지금 어디쯤 새로운 둥지를 틀었을까? 아파트가 완공되면 상가에 들어오려고 벼르는 사람도 있다고 들었지만 도 여사가 아는 사람 중에는 한 명도 없었다. 사실 요즘 들어 아들들이 보상금을 받으라고 채근을 했고 딸은 딸대로 속삭였다.

"엄마요, 이제 고생 그만하고 우리 집에 들어오소. 그동안 고생 많이 했으니 이제 은행에 돈 넣어놓고 놀러나 다니면서 노후를 보내소. 이자 받아서 용돈 쓰면 되고요. 이제 좀 편하게 살아야 할 것 아인교."

그때 딸에게 기갈을 부렸다.

"이년아, 그 주디 못 닥치겠나? 너거 집에 얹혀살면서 이 돈 빼 묵으라꼬? 그래, 임시 묵기는 곶감이 달겠제? 그 돈 떨어지면 우짤 낀데? 나를 내다버리겠제?"

딸은 울면서 돌아갔다. 그런 날도 역시 잠이 안 왔다.

지하철 3호선을 타고 와 만덕 네거리에서 내린 사람들이 엘리베이터를 타고 2번 출구로 쏟아져 나온다. 여기서는 상계봉과 석불사 쪽으로 산을 타는 사람들로 나뉜다. 알록달록 화려한 색상의 등산복을 입은 남자들이 동사무소를 옆구리에 끼고 앞서거니 뒤서거니 올라가기 시작한다.

만덕약국 삼거리를 시작으로 길목마다 플래카드가 걸려있다.

"서민 죽이는 L.H 공사, 허울 좋은 주거환경개선사업 포기하라."

"살인적 보상가로 원주민 갈 곳 없다."

"내 집에서 살겠다. L.H 공사 물러나라."

색이 바랜 천과 글씨들이 전의를 상실한 병사처럼 초라하다.

"이 동네도 재개발하는 모양이네."

누군가가 혼잣말을 하자 누군가가 대꾸한다.

"몰랐더나? 여기 대단지 아파트가 들어선다 아이가? 전 망이 끝내주제?"

"아이고, 그놈의 재개발…"

"여기는 재개발이 아니고 일괄 매수 방식으로 수용을 해버린 바람에 마이 시끄럽다 아이가. 하루 벌어 하루 먹고 사는 사람들이 그동안 집회를 오십 번 이상 했다는데 애당초 지구 지정을 하는 과정에서 불법이 많았다는 기라. 아파트를 한 채씩 준다는 통반장들의 말에 멋모르고 동의서에 도장을 찍어준 사람이 태반이라."

누군가가 흥얼거리며 말한다.

"두껍아 두껍아 헌 집 줄게 새 집 다오. 노래 깨나 불렀겠네."

"주민들은 지금 두 패로 나뉘었지. 감천문화마을처럼 그대로 살리자는 쪽에서는 지구 지정을 해제하라는 소송을 해 놓았고…"

"니는 어찌 그리 이 동네 사정을 잘 아노?"

"후배 한 놈이 사진을 찍으러 여기 왔다가 인생이 바뀌었더라고. 부산 시내에 이런 동네가 있었는지 몰랐다는 게야. 귀농을 준비하고 있었는데 그 꿈을 만덕동으로 바꾸었다더군. 얼마 전에 사진전을 열었는데 정말 볼만하더라니까. 요즘은 젊은 예술가들과 연대해서 만덕동을 살리자는 운동을 하고 있다는데 시대 흐름이 도시재생사업 쪽으로 기울고 있으니 가능할 수도 안 있겠나?"

"그게 잘 되겠나? 그런데 이렇게 구석구석 도로가 잘 되어 있고 새집도 많은데 왜 굳이 아파트를 지으려고 하는 걸까? 이런 곳도 좀 남겨두어야 도시가 다양하고 보기도 좋은데…"

"돈이 될 만한 곳이니까 밀어붙인 거겠지. 오늘 상계봉에 가서 한 번 내려다봐라. 부산이 시민들을 생각하는 곳인지 아파트 업자들을 위한 도시인지…"

"시대가 변하는데 우짜겠노? 따라가는 것이 가장 편한 기라."

"니기미, 편하기로 치자면 죽는 것만큼 더 편한 게 어디 있겠노?"

주거니 받거니 하면서 빈집들과 골목을 기웃거린다.

안방 옆에 누가 살고 있는지 천장 위에는 또 누가 살고 있는지, 방바닥 밑에서는 또 어떤 사람이 살고 있는지 궁금증조차 결례가 되어버린 세상이다. 어릴 때 살았던 집과 골목을 떠올리는 남자들의 눈길이 아련해진다.

길가 빈집에는 먼지투성이의 간판들이 그대로 걸려있다.

광명미장원, 진석 카센터, 현대 세탁소, 만덕 목욕탕, 남해석유, 샛별피아노학원, 지구설비, 아구나라 식당, 88장식센터, 신하 수퍼, 선산반점, 등등등...

33번 버스 종점까지 올라오니 등에서 땀이 흐른다. 한 사람이 배낭에서 물을 꺼내 마시면서 주변을 둘러본다. 가게는 녹이 슨 셔터와 찢어진 차양들로 어수선하다. 누군가가 생각이 났다는 듯이 학교 건물을 가리키며 말한다.

"저 학교 밑에 구멍가게가 하나 있었는데 지금도 그 할매가 장사를 하고 있을라나?"

"맞다. 몇 년 전에 고담봉에서 파리봉을 거쳐 이리로 내려오다가 돼지 껍데기를 구워서 소주 마셨던 적이 있었제?"

그들의 발걸음이 조금 빨라진다. 등산길로 들어서면 계곡물이 흐르는 울창한 숲이 펼쳐지고 군데군데 약수터가 있으니 생수를 못 산다 해도 걱정할 일이 아니다. 하지만 그 가게가 그대로 있으면 참 좋겠다는 기대로 발걸음이 무척 가볍다.

상계봉이 산 아래를 굽어본다. 오늘도 사방에서 인간들이 떼를 지어 몰려올 것이다. 요즈음 들어 그들은 마치 피난민들처럼 산으로 올라온다. 그러고는 한 줄기 바람처럼 살다 가겠다며 꺼이꺼이 목을 푼다. 상계봉이 하는 일은 아무것도 없다. 울지마라고 눈물 닦아주거나 지친 어깨를 떠밀며 내려가라고도 하지 않는다.

상계봉이 제 나이를 헤아려본다. 인간들의 계산법으로 가늠해보면 땅속에서 모습을 드러낸 것이 7천만 년, 혹은 8천만 년쯤 되었을 것이다. 단층이 잘리고 내려앉으면서 생긴 화산재와 퇴적암을 비바람으로 씻어내는데 또 십 만 년쯤 걸렸다.

어느 날 갖가지 모습의 생명들이 금정산 품에 깃들기 시작하면서 상계봉은 비로소 자신이 새와 짐승들과 온갖 벌레들의 터전이 되기 위하여 존재하고 있다는 사실을 알았다.

인간이라는 특별한 종이 나타난 것은 한참 뒤였다. 그들은 다른 동물들과 많이 달랐다. 언어를 사용했으며 그 언어로 아름다운 소리를 낼 줄 알았다. 무엇보다 도구를 다루었고 여러 모양의 보금자리를 만드는 모습이 보기 좋았다. 그들이 언제부터 변질되기 시작했을까? 인간의 수가 빠르게 늘어나면서부터였을까? 밤이 대낮처럼 밝아지기 시작한 그때부터였을까? 돈이라는 도구를 사용하기 시작하면서였을까? 온갖 썩지 않는 물건들을 만들어 낼 때부터였을까? 높은 건물들을 올리던 때부터였을까? 땅의 숨통을 막고 자동차라는 쇠붙이로 그 위를 달리기 시작하던 때부터였을까?

상계봉이 발아래 엎드린 동네를 내려다본다.

그리고 아침마다 자신을 향해 절을 하고 춤을 추는 여자가 사는 지붕에 눈길을 준다. 상계봉이 두 팔을 벌린다. 그리고 나날이 한숨이 늘어나는 여자를 알을 품듯 가만히 보듬어 안는다.

영도다리 난간 옆에

자갈치 시장을 잊고 있었다. 소금물로 질척거리는 길 바닥과 생선 비린내, 해초 냄새를 품은 바닷바람을 안고 살아가는 수많은 사람의 모습을 오랫동안 잊고 있었다.

어느 해 가을, 친구들과 자갈치에서 전어 회를 먹고 식중독으로 고생한 뒤로 발길을 딱 끊었던 곳이었다. 나의 무관심 따위는 아랑곳하지 않고 자갈치는 달라져 있었다. 눈에 익은 것이 있다면 새로 지은 현대식 건물 옆으로 이어진 길바닥에 좌판을 펴고 해산물을 파는 여자들의 행렬정도였다.

사흘 뒤에 있을 아버지의 기일 장을 보러 가자는 아내를 따라나선 터였다. 생선과 홍합과 군소, 전복 등을 고르는 아내의 꽁무니를 따라다니는데 곳곳에 붙어있는 플래카드가 눈에 들어왔다. 며칠 뒤에 있을 영도다리 도개식 행사를 알리는 내용이었다. 47년 동안 꼼짝하지 않았던 다리가 다시 움직인다는 호재에 장사꾼들은 신바람이 나 보였다. 어릴 때 어른들이 주고받던 농담들이 생각났다.

"영도다리는 하루에 두 번씩 벌떡벌떡 일어서는데 내 복판다리는 와 움직일 생각을 안 하노?"

세월이 그 답을 가르쳐 준 것 같아서 피식 웃음이 나왔다.

신문에서 영도다리 복원 기사를 읽은 적이 있지만 자세한 내용은 기억나지 않았다. 그곳에서 태어나고 중학교 일학년까지 다녔지만 마땅히 갈 곳도 아는 사람도 없었다. 같은 지역이지만 영도는 내가 사는 화명동에서 멀리 떨어져 있고 무엇보다 마음에서 떠난 지 오래된 곳이었다.

시장 안을 휘휘 둘러보았다. 친절하게 굴지만 장사 옷덮기에 급급한 상인들의 속내가 눈에 보이는 듯했다. 이 것저것 사 들고 지하 주차장으로 내려오면서 아내가 말했다.

"나 잠시 롯데 백화점에 가야 하는데…"

"백화점?"

옛날 시청 자리에 백화점이 들어섰다는 말은 오래전에 들었다.

"옷을 하나 샀는데 바꾸어야 할 것 같아서요."

"그럽시다."

나는 순순히 고개를 끄덕였다. 자갈치로 가자고 했을 때 이상하다는 생각은 있었다. 구포시장이나 부전시장도 있는데 왜 거기까지 가는가 했더니 따로 속셈이 있었던 모양이었다.

회사를 정리한 뒤로 내가 하는 일은 등산과 아내의 전속 기사 노릇을 하는 것이 전부였다. 나는 몇 년 전에 고의로 부도를 냈다. 우선 아내와 법적으로 이혼을 하고 부동산은 아이들에게 미리 증여하는 방법으로 재산을 정리했다. 수금할 돈을 최대한 받아 챙기면서 원자재는 지급 일을 길게 잡아 어음으로 결제했다. 부도를 낼 때 흔히 쓰는 수법들이었다. 매입처에서 타격을 받겠지만 나도 몇 차례 부도를 맞아본 적이 있으니 피장파장인 셈이었다. 하지만 신용보증기금에서 받은 보증서로 대출받은 은행 돈이 문제였다. 나는 결국 내 이름으로 카드 한 장 발급받을 수 없는 처지가 되었지만 노후 대책은 충분했다. 한동안 자재 업자들에게 시달렸으나 시간이 가면서 수그러들었다. 그렇다고 한번 찍힌 낙인이 없어지는 것은 아니어서 가능한 한 조용히 살고 있는 셈이었다.

"주차하기 귀찮을 텐데 그냥 여기서 기다릴래요? 걸어
갔다 와도 한 시간이면 충분하니까 얼른 다녀올게요."

잠시 아내의 얼굴을 훔쳐보았다. 염색 시기를 놓쳤는지
흰 머리카락이 이마 위에 가는 띠를 두르고 얼굴에 덕지
덕지 펴 바른 파운데이션이 부스스했다. 백화점에서 쇼핑
하는 것이 유일한 취미인 사람이니 시간이 걸릴 것은 불
보듯 뻔한 일이었다.

"시장 한 바퀴 둘러보고 있을 테니 천천히 다녀와요."

"아니면 영화를 한 편 보던지…"

시간을 넉넉하게 달라는 말로 들렸다.

"그럽시다."

아내는 반가운 속내를 감추지 않았다.

"그나저나 고모는 이번에도 안 올 건가? 당신이 전화 한
번 해봐요, 그래도 친정아버지 기일인데…"

"전화는 무슨…"

"어휴, 천지간에 누가 있나. 부모 제사에도 얼굴을 볼
수 없으니 남보다 못하네. 허긴, 고모 잘못이 아니라 그
인간이 문제지. 돈만 가져가면 가물치 콧구멍이니 한두
번도 아니고…"

내가 할 말을 아내가 다하고 있었다. 우리는 엘리베이

터를 타고 올라와 바다를 오른쪽 옆구리에 끼고 시청 쪽으로 걸어갔다. 건어물과 젓갈 종류를 전문으로 팔던 골목은 예전과 크게 달라진 것이 없었다. 큰 도롯가로 나오자 거대한 백화점 건물이 성벽처럼 시야를 가로막았다.

"나는 오랜만에 시내 구경을 하고 있을 테니까 마음에 드는 물건이 있는지 천천히 돌아봐요. 사모님께서 부르시면 즉시 달려오겠습니다."

아내는 활짝 웃으며 길을 건너갔다. 무심히 내뱉은 시내 구경이라는 말에 호기심으로 가득했던 아홉 살짜리 소년들이 떠올랐다.

병달이. 나는 입안에서 맴돌던 이름을 기억해 내었다. 둘이서 도둑 배를 타고 자갈치까지는 자주 다녔지만 다리를 건너서 남포동으로 진입한 것은 그날이 처음이었다. 깡깡이 소리에 익숙했던 우리는 거리에서 전축이라는 기계에서 흘러나오는 노래를 들었고 전깃불로 치장한 화려한 건물을 보았다. 발꿈치에서 똑똑똑 소리를 내며 걷는 여인들과 양복을 입은 남자들은 이 세상 사람이 아닌 것처럼 아름다웠다. 밤거리 풍경에 흘려 늦도록 돌아다니다가 통금시간에 걸렸다. 영도다리 밑에서 하룻밤을 보내고 집으로 돌아왔을 때 나를 기다리고 있는 것은 아버지의 몽둥이였다. 그런 순간이면 나는 아버지가 없는 병달이가 부러웠다.

롯데백화점 건물을 보고 있으니 몇 년 전 고등학교 동창회 모임에서 나누었던 말들이 생각났다.

"희한하제? 돈은 꼭 돈이 있는 곳에 가서 붙는다 이 말이야. 마치 자석을 가지고 있는 것 같거든. 롯데 회장이 딱 그렇다 아이가."

누군가가 받았다.

"우리 같은 사람이야 가진 것이 없으니 알아도 못하는 거지. 아무튼 욕하면서 닮는다는 말처럼 다들 부러워하는 것도 사실 아이가? 갈수록 돈 세상이 되다 보니까."

"그런 능력이 있으니 자식보다 한참 어린 여자를 꿰차고 살겠지. 문제는 이놈들이 한국에서 번 돈을 일본으로 다 가져간다는 거지. 여기에 돈을 안 쓴다니까."

"그 회장 지금 구십 살이 넘었을걸? 그 많은 돈을 두고 아까워서 어찌 죽으려나?"

"자식들이 살판 낫지. 저들끼리 더 가지려고 싸우고..."

그 끝으로 롯데타운에 대한 이야기가 나왔던 것 같았다. 시청 앞에 있는 바다를 매립하고 그 땅에 쇼핑몰과 백층 높이의 호텔을 짓는다는 발상은 일반 사람들이 상상할 수 없는 일이었다. 친구는 업무용 사무공간으로 계획된 건물의 상당 부분을 시청에서 주거시설로 변경해 주었다면서 독립투사라도 된 것처럼 분개했다.

나는 그가 왜 화를 내는지 알고 있었다. 중앙동에 오래된 건물을 하나 가지고 있지만 세가 안 나가서 골머리를 앓고 있는 중이었다.

"대형 백화점이 들어서면 주변 상권이 죽는 것은 시간 문제아이겠나? 그런데 이놈들이 준공 시기를 육 년씩이나 연장하면서 목적 변경을 추진하고 있는 기라. 롯데에서는 영도다리 복원하는 공사비로 천억 이상 기부했다고 생색을 내지만 그건 자기들 사업장을 위해 필수적으로 해야 할 일 아니겠나? 공유수면이라는 것이 따지고 보면 시민들 재산인데 특정 개인에게 넘겨도 모르고 있으니 부산 사람들 바보 중에 상 바보들이라."

나는 백화점이 들어서면 오히려 상권이 되살아날지 모른다는 마음이 들었다.

"그래도 그런 건물이 들어와야 도시가 발전하는 거 아이겠나?"

"발전해서 좋은 기 뭐 있더노? 시팔, 있는 밥에 더 떠 붙인다더니 재운이 있는 놈들은 가만히 있어도 돈이 와서 붙는다니까."

육두문자가 나오는 바람에 나는 입을 다물었다.

돌아보면 나도 재운은 조금 타고난 편에 속했다. 돈이 사람의 가치를 결정하는 데 얼마나 큰 역할을 하는지 알기 때문에 허투루 시간을 낭비하지 않았다. 공돌이로 시작했지만 고등학교를 나온 바람에 사무실에서 일을 할 수 있었고 그 덕에 발 빠르게 자립을 했으며 재산도 모을 수 있었다.

신호를 기다리다가 무심히 고개를 돌렸더니 영도다리가 보였다. 그 순간 전혀 엉뚱한 방향으로 생각이 옮겨갔다.

대풍포 물양장은 그대로 있을까? 매립을 해서 회센터라도 들어섰을까? 남자들이 잡아 온 생선을 양철 대야에 이고 나가서 돈을 만들어 오던 여자들, 사람들은 필요한 것은 취하고 나머지는 다시 바닷속으로 밀어 넣었다. 여름이 되면 몇 차례씩 태풍이 찾아왔고 크고 작은 배들은 그곳에서 엮어놓은 굴비처럼 서로를 의지하여 바람이 지나가기를 기다렸다.

우리 집은 대풍포와 자갈치를 드나드는 도선 선착장 중간쯤에 있었다. 중학교 일학년을 마칠 때까지 대평동에서 살던 우리는 아버지가 돌아가시는 바람에 충무동으로 이사했다. 이불보따리를 머리에 인 어머니를 따라 영도다리를 건넜었다. 고등학교 일학년이던 일석 형이 살림 나부랭이와 금숙이를 실은 리어카를 끌었고 병달이와 내가 뒤에서 밀었다. 어머니가 다리 중간쯤에서 짐을 내려놓고 돌아서더니 두 손을 비볐다.

"고갈산 할매요, 묵고 살 길이 없어서 잠시 나갑니더. 아주 가는 것이 아니라 곧 들어 올 낍니더. 어짜든동 잘 보살펴 주시이소."

나는 그날 처음으로 고갈산에 무서운 할매가 살고 있다는 것을 알았다.

병달이는 우리 집 맞은편에 살던 친구였다. 눈 맵시가 초승달처럼 곱던 병달이 누나가 떠올랐다.

"일석이, 이석이 동숭들, 밥 먹었슴? 이거 좀 먹어 보간?"

평상 위에서 숙제를 하고 있으면 찐 옥수수나 삶은 감자를 내놓으면서 어려운 문제를 가르쳐주기도 하던 누나였다. 우리 동네 사람들은 병달이 엄마를 금천 댁이라고 불렀다. 황해도 금천에서 논밭과 집을 버리고 피난을 왔다는 병달이 엄마의 한탄은 길었다.

"우리 세 명을 겨우 기차 꼭대기에 태우고서리 아바이와 큰아들내미는 타지 못 했으이 그때 이 가심을 어찌 말로 하겠슴? 하이고, 생이별을 한 사람이 어디 우리 뿐이었겠슴? 살아있다면 언젠가는 이 영도 꼬배이에 오지 않겠슴? 그런 희망이 없으믄 내래 어찌 살겠슴?"

대풍포에서 생선을 받아 대야에 이고 팔러 다니던 금천 댁은 뒤에 자갈치 시장 난장에 자리를 잡았다. 도선을 타지 않고 영도다리를 걸어 다니는 것은 행여 남편의 소식을 들을까 하는 기대 때문이라 했다. 해마다 마을에 크고 작은 역병이 돌던 시절이었다. 그 해는 콜레라가 덮치는 바람에 동네 사람들이 많이 죽어 나갔고 금천 댁도 거기 끼어 있었다.

잠결에 어머니의 한탄을 들었다.

"에고 불쌍도 해라. 저 어린 것들이 앞으로 이 험한 세상을 어찌 살아갈꼬?"

금천 댁이 죽은 뒤 수자 누나는 학교에 가는 대신 돈을 벌러 다녔다. 열일곱 살 처녀가 어디서 무슨 일을 하는지 아는 사람은 아무도 없었다. 병달이는 나와 같은 중학교에 입학했는데 얼마 뒤에 봉래동 산동네 쪽으로 이사를 가버렸다. 대평동이 전부인 줄 알았던 나는 아리랑 고개에 있는 병달이 집을 들락거리면서 세상 보는 눈을 조금씩 넓혀갔다. 굶어 죽거나 병들어 죽거나 스스로 목숨을 끊는 사람들의 이야기가 매일 떠돌아다니던 시절이었다. 그러나 전쟁의 후유증과 전염병이 창궐하는 와중에서도 우리 골목 안에서는 아이들이 계속 태어나고 있었다.

우리 집에도 죽음의 그림자가 비껴가지 않았다. 아버지가 돌아가시는 바람에 나는 졸지에 애비 없는 자식이 되어 버렸다. 어머니는 시내에 사는 외삼촌의 도움을 받아 충무동 시장통에 국밥집을 차렸다. 다행히 장사가 잘 되어서 먹고사는 데는 큰 어려움이 없었다. 하지만 내가 중학교 삼학년이던 겨울에 한방에서 잠을 자던 가족들이 모두 연탄가스를 마시는 일이 있었고 그때 일석 형이 깨어나지 못했다. 내가 죽었다면 어머니의 한숨이 그만큼 길지 않았을 것 같았다. 나는 한동안 죄인 아닌 죄인이 되었다. 그날 밤 연탄을 갈아 넣은 사람이 바로 나였으니까.

선생님이 되고 싶었던 꿈을 접고 나는 공업고등학교에 진학했다. 그리고 졸업을 하는 대로 당시 인기가 있던 신발 공장에 취직을 했다. 병달이는 청학동에 있는 대한조선공사에 용접공으로 들어갔다. 잔업을 많이 하는 것을 능력으로 여겼던 시절이었다. 우리는 반장에게 술을 대접해 가며 일요일도 없이 일을 했다.

크레인이 휘어져 배 위에서 작업하던 병달이를 덮쳤다는 사고 소식을 전해 듣던 날, 나는 곱빼기 작업을 마치고 잠을 자고 있었다. 봉래동에 있는 병원으로 달려갔을 때 병달이는 이미 이 세상 사람이 아니었다.

"병달아, 이석이가 왔다. 야 이 간나 새끼래, 빨리 일어나지 않겠슴?"

수자 누나가 입에 거품을 물고 내 품으로 쓰러졌을 때 나는 누나의 등을 쓸어주지 못했다.

병달이가 죽은 뒤로는 누나를 만날 일이 전혀 없었다. 회사에서 병달이의 목숨값으로 꽤 많은 합의금을 내놓았다는 말이 들렸다. 그 돈을 함께 살던 남자에게 빼앗기고 술집을 떠돈다는 소문도 흘러 다녔다.

"간나 새끼래, 너 우리 누나 좋아하지비."

병달이가 놀리던 소리가 귓전에 들리는 듯했다.

까닭도 없이 잠을 못 이루던 어느 날이었다. 나는 누나가 보고 싶어서 병달이의 등을 떠밀었다.

"내레 찾을라나 모르겠슴."

까까머리 정수리에 햇볕이 따갑게 쏟아지던 한낮이었다. 봉래동 시장에서 부둣가로 이어지는 길로 들어서며

땀을 짤짤 흘렸었다. 작은 가게들에 이어서 아방궁, 옥천집, 대성옥, 장춘옥, 화선집 등의 간판이 달린 술집들이 늘어 서 있는 어디쯤이었다. 병달이가 울상을 지으며 고개를 갸웃거렸다.

"이 길이 아인 거 같은데…"

가리개를 친 집 앞에 허연 허벅지를 꼰 여자들이 줄줄이 앉아 있었다. 정신이 혼미해지는 느낌이었지만 나는 아무렇지도 않은 척 물었다.

"병달아, 누부야는 무슨 일을 한다 카더노?"

"회사 장부 정리한다더라마는…"

우리는 잔뜩 겁을 먹고 골목을 헤매고 다녔다. 막다른 골목 끝에서 험상궂은 사내 둘이 손가락을 으드득 꺾으며 다가왔다.

"하, 이 새끼들 봐라, 대가리에 피도 안 마른 녀석들이 여기가 어디라고…"

사색이 된 병달이가 갑자기 목이 터져라 누나를 부르기 시작했고 어딘가에서 거짓말같이 수자 누나가 튀어나왔다.

"아니, 이 간나 새끼들이 여기는 어찌 찾아 왔슴?"

남자들은 누나를 보더니 침을 찍 뱉으며 돌아섰다. 누

나는 도둑질을 하다가 들킨 사람처럼 안절부절못하다가 우리를 집안으로 데리고 갔다.

그날 나는 두 사람이 누우면 딱 맞을 것 같은 작은 침대를 보았다. 잠자리 날개처럼 야들야들해 보이는 옷과 빨간 고추전등이 달린 스탠드도 만져 보았다. 야릇한 화장품 냄새에 잠이 왈칵 쏟아지는 기분이었다.

그날 밤 처음으로 몽정을 했다. 밤새 근육통을 앓았고 코에서는 단내가 풀풀 났다. 절벽 아래로 떨어지는 꿈을 꾸었는데 수자 누나가 나를 받아주었다. 봉긋한 젖가슴의 감촉에 잠시 혼절을 했다가 깨어났더니 거웃이 나기 시작한 아랫도리가 정액으로 미끄덩거렸다.

그런 일이 있은 뒤로는 도저히 누나의 얼굴을 마주 볼 수 없었다. 병달이와 함께 찾아갔던 수자 누나의 일터가 뱃사람들을 상대하는 집창촌이라는 사실은 오랜 뒤에 알았다.

영도다리는 쉴 새 없이 오가는 차량과 사람들로 복잡했다. 내가 어렸을 때도 다리 위 주변은 항상 사람으로 붐볐던 것 같았다. 일석이 형이 끄는 손수레를 밀고 나가던 그 다리를 거슬러 걷고 있으니 모두 떠나가고 홀로 남았다는 생각이 들었다. 엄마는 고갈산 할매가 우리가 떠나간 것이 섭섭해서 형을 데리고 갔다고 믿었다. 가끔 금숙이가 보고 싶지만 강원랜드 주변을 떠돌고 있다는 매제의 얼굴이 겹쳐지면 그 마음이 사라졌다. 반 본전이라도 건진 뒤에 손을 털겠다는 매제는 언제쯤 그 늪에서 빠져 나올지 알 수 없었다.

다리 끄트머리에 붙어있는 경찰서 건물은 그때나 크게 다르지 않고 선박 부품을 팔거나 수리하는 가게들도 여전했다. 오른쪽 골목길로 접어드니 이내 바다가 나타났다. 멀리 철탑처럼 높이 솟아있는 크레인들이 보이고 매캐한 쇳가루와 기름내가 콧구멍을 파고들었다. 선박들이 정박해 있는 선류장 옆에서 한 남자가 쇳물로 불그레해진 길바닥에 쪼그리고 앉아 용접을 하고 있었다. 나는 용접봉에서 피어나는 새파란 불꽃과 가리개를 쓴 남자의 뒷모습을 바라보며 잠시 병달이를 떠올렸다. 녹이 벌겋게 슨 선박 부품이나 체인 등이 곳곳에 쌓여 있는 길을 따라 걸었다. 내 기억이 맞는다면 이 길 끝자락에 내가 태어난 집과 어머니가 일하던 조선소가 있을 터였다.

대평동은 어떻게 달라졌을까? 영도다리 토목 공사를 할 때 죽은 혼령들을 달래기 위해 지었다는 용신당과 자갈마당은 그대로 있을까? 대평동과 자갈치를 오가던 도선은 지금도 운행을 하고 있을까? 궁금증으로 발걸음이 빨라졌다. 그러나 이내 운항을 멈춘 지 오래되어 보이는 폐선 착장과 부잔교를 발견하고 쓸쓸해졌다.

용두산 타워와 롯데백화점과 영도다리가 모두 한눈에 들어오는 자리에 섰다. 크고 작은 통선들이 바쁘게 오가는 내항 건너편으로 칠층 건물 높이의 자갈치 외벽에 세 마리의 큰 갈매기 형상이 쌈박했다. 다리 건너 세상과 달리 대평동은 변한 것이 없어서 오히려 섭섭했다. 그대로 있다는 것은 반가운 일이지만 버려진 자식 같은 느낌을 지울 수 없었다.

친구가 하던 농담이 생각났다.

"첫사랑은 절대 만나면 안 돼. 딴 사람 만나 잘 살고 있으면 배가 아프고 못 살면 마음이 아프고 같이 살자고 붙으면 골치가 아픈 거라. 사람 마음이 본래 그런 거라."

고향도 첫사랑과 같은 것일까? 하지만 나는 영도를 고향이라 여겨 본 적이 없었다. 봉분도 없이 묻은 아버지 생각이 났다. 어머니 옆에 이장을 하려고 30년 만에 어림짐작으로 찾아갔더니 목장원이라는 큰 식당이 들어서 있었다. 그 뒤로는 영도에 갈 일이 없었다.

대동대교맨션이라는 글자가 붙어있는 건물이 눈에 들어왔다. 아버지가 잠시 근무했던 석유 공장이 있던 자리였다. 한때 거기서 일했던 아버지는 간장 공장과 양조장을 거쳐 장작과 숯을 파는 장사까지 했지만 어디에도 뿌리를 내리지 못했다고 들었다.

열일곱 살에 외항선을 타고 십 년 동안 바다를 떠돌던 아버지는 가정을 꾸린 뒤로는 육지에 살기 위해 애썼던 모양이었다. 그러나 뭍은 발에 맞지 않는 신발처럼 늘 불편하고 아팠던 모양이었다. 결국 내가 열 살이 되던 해 다시 외항선을 타기로 했지만 출항을 며칠 앞두고 스스로 목숨을 끊었다고 했다.

지금 돌아보면 그때 우리 동네 남자들은 하나같이 무능하고 게으른 사람들이었다. 술로 자신의 역할을 회피하거나 폭력으로 행동을 정당화시키려 들었고 집을 나가거나 다리에서 뛰어내린 사람도 있었다. 아버지는 바닷물이 무서웠던지 이 송도 산 중턱 오래된 나무에 목을 매달았다. 그렇게 현실에 적응하지 못하는 남자를 대신하여 여자들은 세상 속으로 맨몸을 던졌다. 생선을 팔거나 깡깡이 아지매가 되거나 국밥을 팔아도 스스로 목숨을 끊는 법이 없었다.

가장의 무거운 책임에서 벗어나는 방법으로 죽음을 택한 아버지는 죽으면서 그 두려움을 극복했을까 수용했을까? 아니면 지금도 도망을 다니고 있을까?

이웃에 사는 몇몇 남자들이 목을 맨 나무 근처에 관도 없이 아버지를 묻었고 일석이 형과 내가 울면서 그 자리를 지켰다. 직무유기를 한 아버지에 대한 어머니의 원망은 깊고 길었다. 아버지보다 갑절 이상 세상을 더 살아온 지금 돌이켜보니 아버지는 한 번도 자신의 의지대로 살아본 적이 없는 불쌍한 남자이기도 했다.

일찍 부모를 잃고 큰집에서 아버지 자란 아버지는 초등학교도 제대로 다니지 못하고 머슴처럼 일만 했다고 들었다. 부산으로 도망 와서 부둣가를 떠돌다가 외항선을 타게 되었지만 험한 일을 했을 것이 분명했다. 배를 탔던 시기가 2차 대전이 막바지로 치닫고 있을 때라 해상에서 폭격을 당한 적도 많았다고 했다.

"말도 마소. 죽은 사람들이 물에 둥둥 떠다니고… 바다가 온통 핏물인데… 팔다리가 떨어져 나간 시체도 많았고… 그래도 나는 물에 빠져 죽을 팔자는 아니었던 기라. 그 판에 살아서 땅을 밟는 것을 보면…"

입담이 좋은 아버지는 동네 남자들에게 무용담처럼 이

야기했었다.

길가에 늘어선 일본식 가옥들을 발견하고 나는 걸음을 멈추었다. 죽었다고 생각했던 사람을 만난 것처럼 반갑고 신기했다. 예전과 달라진 것이 있다면 그 낡은 건물들 앞에 갖가지 모양의 차량이 주차해 있다는 것뿐이었다.

마음이 가는 대로 움직이던 발길이 엄청난 크기의 선박이 눈에 들어오는 순간 멈추어졌다. 그리고 모퉁이를 돌아섰을 때 나는 보았다. 규모가 커지고 모양은 많이 달라졌지만 영도를 떠나기 전까지 어머니가 일했던 다나카 조선소가 거기 있었다. 수리할 배가 도크에 올라오면 우리들은 바닥에 붙어있는 홍합이나 미더덕을 따려고 몰려갔었다. 그곳은 누군가의 일터였지만 동네 사람들이 파도에 떠밀려온 미역이나 파래 같은 먹거리를 채취하는 곳이었으며 우리들의 놀이터이기도 했다.

배의 밑바닥에 붙은 녹이나 조개 등의 이물질을 떼어내는 일은 주로 여자들의 몫이었다. 엄마는 긴 나무를 엮어 만든 비계 위에서 망치질을 했었다. 깡깡깡, 깡깡깡 여러 명이 한꺼번에 두드리는 쇳소리는 우리 방안에서도 들렸다.

정문에 에스앤케이 라인이라는 조선소 간판이 붙어있

었다. 골리아스 크레인이 까마득하게 솟아있고 십 층 건물 정도 높이로 보이는 철선의 이물이 골목의 담벼락까지 침범하고 있었다. 헬멧과 보안경, 안전화에 장갑으로 온몸을 무장한 몇몇 남자들이 작업을 하고 있었다. 지게차 위에 발판을 얹어놓고 망치 대신 연삭기를 쓰고 있어서 깡깡이 소리는 들리지 않았다.

주머니 속에 있는 휴대폰이 울리는 바람에 나는 현실로 돌아왔다.

"지금 어디 있어요?"

한 시간쯤 뒤에 백화점 앞으로 가겠다는 내 말에 아내는 호호호, 소리 내 웃었다.

조선소 바로 맞은편에 우리 집으로 들어가는 골목이 보였다. 스며들 듯 천천히 그 속으로 발길을 옮기며 나는 낡은 집들을 찬찬히 살폈다. 집은 그때와 별로 달라지지 않았지만 사람이 없는 골목 안은 썰렁하다 못해 무서운 느낌이 들 정도였다. 내가 태어나고 살았던 집은 수리한 흔적이 있지만 그런대로 옛날 모습이 남아 있었다. 군데군데 녹이 슨 철 대문 옆에 대평남로 32-4라는 새 도로명주소가 붙어 있었다.

2013년 11월 26일, 음력으로 시월 스무나흘 날 밤, 나는 이미 중년에 접어든 두 아들과 함께 아버지의 기제를 지냈다. 아내가 전화를 한 모양이지만 금숙이는 오지 않았다.

제사상 앞에 엎드려 절을 올리는 아들들의 등판을 보면서 아버지를 생각했다. 아버지도 일석이 형과 나에게 얼굴도 모르는 할아버지의 제사상 앞에 절을 시켰었다. 사흘 전 영도를 다녀온 뒤로 문득문득 아버지가 생각났다. 다 늙은 내가 새파랗게 젊은 아버지를 그리워하고 있었다. 가끔 바다로 나가는 것이 얼마나 싫었으면 그렇게 목숨을 끊었을까 생각이 들면서 눈물이 났다. 그것은 내 눈물이 아니라 아버지가 흘리는 눈물 같았다. 나는 아버지를 위로하고 싶었고 아버지에게 위로받고 싶었다.

"아부지요, 며느리가 정성 들여 차린 음식입니더, 마이 마이 잡수소."

소리 내어 말했더니 주방에 있던 아내가 뭔 일? 하는 듯 고개를 빼끔 내밀었다.

그런 분위기가 이상하게 내 가슴을 따뜻하게 만들었다. 갑자기 죽고 사는 것이 동전의 양면처럼 서로에게 작용하고 있다는 말이 떠올랐다. 그리고 아버지가 나에게 영향을 주었듯이 살아있는 나도 지금 어떤 식으로건 아버지에게 영향을 주고 있을 것 같았다.

"잘 봐 두어라. 머잖아 너희들이 해야 할 일이다."

그것은 아들들이 아니라 나에게 하는 말 같았다. 그 순간 나는 삶은 잠깐 동안의 기회일 뿐 근본적인 것은 모두 생의 저편에 있다는 누군가의 말을 믿기로 했다.

다음 날 전국적으로 눈이 내린다는 일기예보대로 잔뜩 구름이 끼어있었다. 옷을 단단히 입고 모자까지 눌러 쓴 뒤에 집을 나섰다. 음식 봉지를 배낭 속에 넣어주면서 아내가 말했다.

"나도 같이 갈까예."

"날씨도 안 좋고... 가 봐야 절 올릴 무덤도 없소. 절영도 산책로가 좋다던데 바람이 없는 날을 잡아 한번 걸으러 갑시다."

아버지를 묻은 산기슭에 술을 한 잔 붓고 싶어서 소주까지 챙긴 참이었다. 승용차를 두고 오랜만에 지하철을 탔다. 남포동역에 내려 지상으로 올라오니 거리가 온통 사람들과 차량이 넘쳐나고 있었다. 문득 사흘 전 자갈치 시장에서 보았던 플래카드가 떠오르면서 오늘이 도개식을 하는 날이구나 싶었다.

택시를 잡을 수 없어서 걷기로 마음먹고 발길을 대평동 쪽으로 돌렸다.

"영도대교 신 개통"이라는 글씨와 갈매기 그림과 풍선 등으로 치장해 놓은 다리를 건넜다. 발걸음이 나도 모르게 우리 집이 있는 쪽으로 움직였다. 도로 모퉁이에 진주수퍼라는 간판 단 작은 슈퍼마켓이 눈에 들어왔다. 아버지가 종일토록 깡술을 마시던 구멍가게가 있던 자리였다. 문을 밀고 들어가 생수를 사면서 주인 남자에게 말을 건넸다.

"참 오래된 가게네요."

"여기서 장사한 지 오십 년이 넘었소."

"대평동이 제 안태고향입니다."

"그렇소? 요즘 사람들이 하도 많이 찾아와서..."

남자는 조금 귀찮다는 듯이 고개를 주억거리면서 몇 마디 거들었다.

"가끔은 일본 사람이나 중국에서도 찾아옵디다. 모두들 변한 것이 없다고 놀랍니다. 가끔은 눈물을 흘리는 사람도 있고요, 나는 도대체 이해를 못하겠소. 도대체 볼 게 뭐 있다고 이렇게들 몰려오는지..."

그러고 보니 우리 동네 주변으로 일본사람들이 많이 살

왔고 가마솥을 만드는 공장에 중국 사람도 더러 있었다
는 기억이 났다.

"사람들이 많이 오면 장사가 잘되니까 좋지요?"

"에이, 별 도움 안 돼요. 이것저것 묻는 통에 입만 아플
뿐이지."

더 이상 질문을 하지 말라는 것 같았다.

사흘 전에 잠시 머물렀던 골목길로 들어서면서 나는 심
호흡을 했다. 그리고 태어나서 열세 살까지 밥을 먹고 잠
을 잤던 집안을 기웃거렸다. 사람이 살지 않는지 아무 기
척이 없었다.

엄마요, 아부지요, 금천 댁 아지매요, 일석이 형, 병달
아, 수자 누나, 금숙아.

소리 내 부르면 모두들 반색을 하면서 뛰어나올 것 같았
다. 골목에서 서성거리다가 대풍포 쪽으로 나왔다. 대풍
포는 살아있었다. 그때나 다름없이 크고 작은 배들을 자
식처럼 품고 보란 듯이 살아있었다. 주변에는 선박 부품
이나 수리에 필요한 공구들을 파는 가게들이 늘어서 있고
바다 쪽으로 아슬아슬하게 주차한 차들이 줄을 이었다.
한 남자가 담배꽁초를 바다 쪽으로 던지는 것으로 보아
사람들은 지금도 여전히 취할 것은 취하고 버릴 것은 버

리는 모양이었다. 건너편에 있던 수산진흥원 건물은 없어지고 부산항 국제 선용품 유통센터라는 간판을 단 빌딩이 들어서 있었다. 5층 높이의 건물은 크기나 면적의 규모로 보아 뒤편에 있던 용신당은 사라졌을 것이 분명했다.

건물 끝부분에 붙어 있는 몇 개의 낡은 집들이 눈에 들어오는 바람에 행여나 하고 그쪽으로 발길을 돌렸다. 대풍포를 한 바퀴 돌아서 쥐꼬리만큼 남은 동네 앞에 도착했다. 골목은 나름 정비를 한 것 같았지만 세월의 흔적이 그대로 남아있었고 그 끄트머리에 용신당이 거짓말처럼 살아있었다.

우리가 멱을 감고 뛰놀았던 자갈마당은 보이지 않았다. 그러나 둑처럼 막아놓은 시멘트 계단에 올라서니 눈에 익은 바다가 나타났다. 방파제 끝에 빨간 등대와 남부민동 쪽에 있는 흰 등대가 마주 보고 있는 모습은 여전했다. 달라진 것이 있다면 새로 만든 남항대교가 수평선을 가로막고 있는 것과 바닷가 주변에 빽빽하게 들어선 건물들뿐이었다. 손바닥만큼 남은 자갈마당 옆에 작은 조선소가 붙어있었다. 철선의 밑바닥에 남자 두 사람이 붙어 서서 일하는 모습이 마치 다른 세상을 보는 것처럼 낯설고 신기했다. 한차례 몰아치는 바닷바람을 피해 몸을 돌리니 용

신당의 지붕 부분이 눈에 들어왔다. 기와에 북청색 우레
탄을 덧씌워놓은 것으로 보아 비 새는 것을 막으려고 임
시방편을 한 것 같았다. 나는 용신당 붉은 여닫이 나무문
앞에서 한동안 서성거렸다. 안에서 기척 소리가 나더니
늙은 여자가 나오더니 나에게 물었다.

"보아하니 영도 사람이구만… 어데서 살았딘교?"

"도선장 부근에서 열세 살까지 살았습니다."

"마, 배를 탔던 사람은 아닌 것 같고…"

"아버지가 젊었을 때 배를 탔다고 들었습니다."

"아이고, 그런 인연이라도 없었다면 어찌 오셨겠소. 험
한 세상 돌고 돌아 여기까지 온다고 욕 마이 봤심더. 용신
당 할매가 주는 커피나 한잔하고 가소."

당주인 것 같았다. 밤마다 귀신들이 모여서 운다는 말
에 피해 다녔던 용신당을 처음으로 들어가는 셈이었다.
입구는 사람 한 명이 겨우 들어갈 만큼 비좁았다. 창문이
하나도 없고 서너 명이 앉으면 꽉 찰 것처럼 실내는 답답
할 정도로 좁았다. 사찰 흉내를 냈지만 흡사 굿 당을 연
상케 하는 분위기였다. 한복을 입은 젊은 여인이 두 손을
가지런히 모으고 있는 탱화 앞에 만 원짜리 한 장을 놓고
머리를 조아렸다. 아무리 억울하게 죽은 사람이라도 저

리 아리따운 자태의 여인이 달래준다면 한이 모두 풀릴 것처럼 느껴졌다.

커피를 한 잔 마시고 신발을 신으면서 외양이 옛날에 보던 모습과 다르다고 했더니 사라호 태풍 때 파도에 무너지는 바람에 다시 지었다고 했다. 나는 그제야 계단을 둑처럼 높게 만들어놓은 이유를 알 것 같았다.

도로 쪽으로 나오자 빈 택시를 만날 수 있었다. 기사는 도개식 행사 때문에 차가 밀려서 남항대교 쪽으로 빠지는 중이었다며 투덜거렸다. 내가 두 시간쯤 대절을 하겠다고 했더니 반색을 하며 말했다.

"오늘 영도다리 덕에 오구찌 합니다."

목장원 외관은 예전과 달리 식당이라기보다 빌딩과 같은 모습이었다. 부근에 고층아파트까지 들어선 것으로 보아 둘레길이 있을 법했지만 산으로 올라가기 쉽지 않아 보였다. 외항에는 큰 바다로 나가지 못한 배들이 곳곳에 정박해 있었다. 나무 계단으로 내려가 바닷가에 소주를 뿌리고 한동안 앉아있었다. 궂은 날씨와 달리 바다는 조용했다. 자갈을 굴리는 파도 소리가 낮아서 마음이 편해졌다.

내려갈 때는 몰랐는데 계단이 가팔라서 올라오는데 한참 애를 먹었다. 기다리고 있던 택시를 타고 옛날 전차 종점 부근에 내리면서 요금을 넉넉하게 주었다. 영도다리 방향으로 천천히 걸음을 옮기기 시작했다. 수자 누나가 일했던 봉래동 쪽으로 잠시 눈길이 갔지만 그대로 지나쳤다.

다리가 가까워질수록 사람들이 붐볐다. 여기저기 기웃거리다가 경찰서 옆으로 난 계단으로 내려와 해안가에 자리를 잡았다. 한 사내가 기다리고 있었다는 듯이 말을 걸었다.

"어르신은 어데서 왔능교?"

지천명을 조금 넘어선 나이로 보였다. 모르는 사람을 반갑게 맞는 것으로 보아 속말을 들어 줄 사람을 찾고 있었던 모양이었다.

"화명동에서 왔는데... 댁은?"

"나는 하동에서 왔습니다."

"하동이면 먼 곳인데..."

"예, 큰마음 먹고 왔습니다. 우리 할배가 일제 때 영도다리 호안매립공사를 하다가 매몰 사고로 돌아가셨습니다. 제 부친이 생전에 시신을 못 찾았다고 참 마이 괴로워

했지요. 오늘 일찌감치 와서 영선초등학교와 해동고등학교 자리를 둘러보았습니다. 거기서 이 자리를 매립할 흙을 파왔다는 말을 들었거든요."

"아이고, 내가 영선초등학교 출신입니다. 다리 공사할 때 사람이 많이 죽었다는 말을 들었지만 거기서 흙을 가지고 왔다는 말은 오늘 처음 듣소."

"어르신. 버스 타고 오면서 우리 할배를 생각하니 정말 뼈가 쑤시고 가슴이 미어집디다. 일본 놈들이 제대로 돈이나 주고 일을 시켰겠습니까? 옳은 장비나 있었겠습니까? 먹이고 입히기나 했겠습니까? 그뿐 아니라 우리 친척 중에는 멀쩡하게 살던 집을 뺏긴 사람도 있습니다. 서울에서 내려온 정부 관리가 남항동 일대 땅을 국유지인 줄 알고 일본 놈에게 매립권을 주었다는 거 아입니까? 세상에 그게 있을 수 있는 일입니까? 그 바람에 졸지에 집을 잃고 고생한 사람이 한둘이 아니었다고 합디다. 일본 놈들이야 원래 종자가 그러니 제쳐놓읍시다. 내 말은 거기 붙어서 앞잡이 노릇 하던 놈들이 더 나쁘다 이 말입니다. 그것들이 지금까지 대를 이어가며 큰소리 떵떵 치고 있으니 숨통이 터질 때가 많습니다. 그때나 지금이나 죽을 놈은 백성이라, 그때나 지금이나 그놈들은 수단과 방법 가리지 않고... 그때나 지금이나..."

사람들이 모여드는 바람에 중간중간 말이 끊기기 시작했다. 귀를 바짝 기울였지만 그때나 지금이나 하는 소리만 계속 들렸다.

오후 2시가 되자 개통식을 알리는 뱃고동 소리가 울렸다. 몇몇 사람들이 나와서 축사를 했지만 무슨 말인지 하나도 알아들을 수 없었다. 드디어 요란한 축하 팡파르와 함께 영도대교 상판이 올라가기 시작했다. 어릴 때 보던 것보다 더 웅장하고 신기한 모습이었다. 다리 아래로 범장을 세운 몇 척의 선박들이 지나가고 측면에서 꽃불이 터져 올랐다. 온갖 색깔의 연기가 피어오르면서 오색 물대포 쇼가 펼쳐지니 여기저기서 감탄과 환호성이 터져 나왔다. 70도 정도까지 올라갔던 상판이 천천히 내려와 도로와 맞물리는 것과 동시에 사람들이 하나둘 움직이기 시작했다.

시내 쪽에 있던 사람들이 영도를 향해 몰려오고 있었다. 나는 하동에서 온 사내와 함께 남포동 쪽으로 가는 사람들 틈에 끼어 시내 방향으로 떠밀려갔다. 피난민 행렬이 따로 없었다. 난간에 기대어 사진을 찍는 사람들은 너나없이 환하게 웃고 있었다. 다리 중간쯤 오자 자꾸만 걸

음이 허든거렸다. 그러고 보니 점심을 먹지 않았다는 생
각이 들었다. 나는 사내에게 술을 한 잔 사주고 싶어서
주위를 살폈지만 그 사람이 그 사람인 것 같아서 찾을 수
가 없었다.

한 여인이 내 앞을 가로막았다. 어디선가 많이 본 얼굴
이었다.

"수자 누부야?"

놀라는 내 표정에 아랑곳없이 여인이 마이크를 내밀었다.

"안녕하세요, 할아버지. 영도다리 도개 장면을 보신 소
감 한 말씀 해 주시겠어요?"

방송국 리포터 같았다. KBS라는 글이 새겨진 카메라
가 다가오는 바람에 나는 손을 내저으며 뒷걸음질을 쳤
다. 사람들이 어깨와 등을 팔꿈치로 찌르며 지나갔다. 순
간 세찬 바람이 불면서 쓰고 있는 모자를 벗겨갔다. 나는
허우적거리며 모자를 따라가다가 어지러워서 난간을 붙
잡았다.

현인은 계속 같은 노래만 부르고 있었다.

"금순아 어디로 가고 길을 잃고 헤매느냐.

영도다리 난간 위에 초생달만 외로이 떴다."

여동생이 생각났다. 파출부 일을 하고 있다는 금숙이를

얼싸안고 눈물을 펑펑 쏟으며 울고 싶었다. 난간에 몸을 기대고 하늘을 올려다보았다. 수자 누나 눈매를 닮은 고운 초승달은 보이지 않았다.

무문관 無門關

신축 아파트 틈틈이 이삿짐을 옮기는 사다리차들이 하나둘 늘어나고 있다.

 104동 2002호를 더듬는 그녀의 시선이 어지럽게 흔들린다. 양지바른 기슭에 옹기종기 모여 있던 주택들이 모두 철거되고 대단지 아파트가 들어서기까지 갈등과 다툼이 엄청 길었다. 건설업자라면 누구라도 눈독을 들일 만한 동네였다. 돌아보면 재개발 소식에 환호하는 주민이 있는가 하면 반기를 들었던 사람도 꽤 많았었다. 그들 부부는 후자에 속했다. 특히 해상 급유선에서 일하는 그의 분노와 한숨은 깊고 길었다.

 "주민들을 위해서라고? 건설회사와 짬짜미해서 이득을 보려는 그 속내를 누가 모를까? 우리가 집을 지을 때만 해도 널널하던 이 지역이 십 년 사이에 온통 아파트 천지가 되어버렸어. 나는 휴가 올 때마다 깜짝깜짝 놀란다니까."

"그러게. 이참에 우리 그냥 시골에 다시 집을 지을까?"

"아직은... 딸내미 결혼은 시켜놓고 떠나야지. 그때쯤이면 더 이상 나도 배를 타기 어려울 거고... 그나저나 당신 정말 고층에서 살 수 있겠어?"

"노력해야지. 어차피 몇 년 살다 팔고 갈 건데 저층은 매매가 잘 안 된다니..."

"허긴, 다들 아파트가 편하다고는 하더라마는..."

도시에 있는 주택 대부분이 재개발, 재건축의 열풍에 휩싸여 있으니 달리 선택의 여지가 없었다. 주거환경개선지구, 강제수용, 투쟁, 보상가, 분양권 등등의 단어들이 귀에 익숙해질 무렵 결국 아파트 공사가 시작되었다. 집을 비우고 임시 거처할 곳을 구하는 일들은 모두 그녀의 몫이었다. 새 아파트를 분양받는 일도 마음먹은 대로 되지 않았다. 여러 가지 사정을 감안하여 고층을 선택했는데 완공 뒤에 보니 조감도와 달리 앞 동의 뒤태가 절반 가까이 시야를 막고 있었다.

앞으로는 집안에서 빗소리를 들을 수 없고 햇살과 바람에 빨래를 말리지도 못할 터였다. 이렇게 원치 않는 일들은 왜 찾아오는 것일까? 분노하고 저항했던 만큼 무기력해지면서 답이 없는 답을 찾아 밤을 새우는 날도 많아졌다.

입주 청소까지 끝내놓고도 차일피일 이사를 미루던 참에 들른 터였다. 베란다 끝에서 화단을 내려다보는데 갑자기 시커멓게 타버린 실내를 배경으로 인명 피해 소식을 전하던 뉴스 장면이 떠올랐다. 정말 불이라도 나면 이 높은 곳에서 어떻게 할 것인가, 걱정이 하나 더 늘어난 느낌이었다. 이어서 스프링 쿨러는 물론이고 옆집으로 대피할 수 있는 경량 칸막이까지 내장되어 있다고 하던 추진위원장의 말이 뒤따랐다.

"사모님, 이 동네는 진짜 대박이 터진 겁니다. 재개발보다는 환경개선지구로 지정받는 것이 훨씬 득이 많아요. 집은 집대로 팔아먹고 분양권까지 받으니 일거양득이 아닙니까? 특히 사모님은 건물 보상도 받을 수 있으니 얼마나 좋아요? 분양권은 당장 몇천이 붙어요. 그 정도는 알만해 보이는데 왜 동의를 하지 않으십니까?"

설득인지 협박인지 알 수 없는 말투였다.

"분양권 같은 것은 관심 없고요. 아무튼 저는 계속 이 집에서 살 겁니다. 무엇보다 동네 사람들 대부분이 돈을 보태야 입주할 수 있는 처지인데 그들은 어쩌란 말인지요."

"하 참, 그래서 은행이 있는 것 아닙니까? 자기 돈 가지

고 집 사는 사람이 어디 있다고... 좋은 집에서 살려면 그
정도는 감수를 해야지요."

"비 새는 집에서는 살아도 빚지고는 못사는 사람들이
거든요."

"그러니까 맨날 그 나물에 그 밥으로 사는 거 아닙니까?
사람이 좀 유도리가 있어야지."

"그 나물에 그 밥이라니, 함부로 말하지 말아요. 적어
도 그들은 자기 이득 보려고 사람을 현혹하고 다니지는
않아요."

"현혹이라니? 이 아줌마가?"

"그러면 아저씨는 지금 자원 봉사하러 다니는 건가요?"

"아니, 이 여편네 말하는 것 좀 보소."

소용없는 입씨름을 하는 동안 그녀의 호칭은 몇 번이
나 바뀌었다.

"모두 지나간 일이야."

그녀는 우선 소화기부터 구입하고 도어락도 미리 설치
해야겠다며 출입구 쪽으로 눈길을 돌렸다. 그리고 저 견
고한 철재 문이야말로 외부와 연결되는 유일한 통로라는
것을 확실하게 인식하겠다는 듯이 오랫동안 현관문을 바
라보았다.

휴대폰에 지숙의 이름이 떴다. 한동네에서 자라고 고등학교까지 단짝으로 붙어 다녔으니 친자매나 다를 바 없는 친구였다.

"어떻게 지냈어?"

그녀가 먼저 물었다.

"나야 늘 그렇지."

고정 간병인이 있는데도 불구하고 딸이 입원해 있는 재활병원으로 출근을 하는 지숙의 목소리가 이외로 밝았다. 모두가 선망하는 회사에 들어간 딸이 교통사고로 뇌사상태에 빠진 지 삼 년이 넘었으니 평범한 일상이 깨진 것도 그만큼 된 셈이었다. 처음에는 부부가 번갈아 병원을 드나드느라 갈피를 잡지 못하더니 자기들보다 딱한 처지에 있는 사람들을 많이 보는 탓인지 생각이 조금 바뀐 것 같았다. 가해 차량이 보험을 넣어두었고 회사에서 산재 처리가 되는 바람에 치료비 걱정을 하지 않아도 되니 그나마 다행이라고 말할 정도가 된 것이다.

서울을 오르내리며 문병을 다닐 때만 해도 그녀는 민수가 곧 회복이 될 거라 믿었는데 상태는 계속 나빠지는 것 같았다. 아이를 따라 종합병원을 전전하던 부부도 이 년 만에 완쾌에 대한 희망을 접고 부산으로 내려왔다.

"이사는 했니?"

지숙이 물었다.

"아직…"

"또 미루었구나."

"엄두가 나지 않아서…"

"다시 하는 말이지만 집을 짓는 것은 어떠니? 땅도 있는데…"

"외딴곳에 여자들만 있는 것이 마음에 걸리나 봐. 다들 새 아파트에 못 가서 안달이던데 나는 왜 꼭 감옥에 들어가는 기분일까?"

"괜찮아, 곧 적응하게 될 거야. 그건 그렇고 명옥아, 내일 나랑 바람 쐬러 갈래?"

"그럴까?"

그녀는 높낮이가 없는 목소리로 대답했다.

"작년에 너 서울 왔을 때 양재동에 있는 절에 갔었지?"

"산채 비빔밥을 먹었잖아. 진짜 맛있었어."

"지금 돌아보니 그 절이 얼마나 큰 위로가 되었던지, 내 사정을 알게 된 스님들이 좋은 말도 많이 해주셨고…"

"병원에 자주 찾아오는 스님도 있었다면서?"

"그래, 그 혜원 스님이 내일 부산 오신다고 전화가 왔어. 민수에게 해줄 말이 있다는 거야. 그리고 바다를 보러 간다는데…"

"민수에게 해줄 말이라니?"

물으려다가 에둘러 말할 것이 있는 모양이라고 짐작하며 말머리를 잡았다.

"간절곶이나 태종대로 모시고 가면 되겠다."

"너도 같이 갔으면 하고…"

"그러자. 바다를 보면 나도 기분이 바뀔 것 같아."

그녀의 목소리가 조금 밝아졌다.

"잠깐만 전화 바꿔줄게."

민수의 귀에 휴대폰을 가져간 모양이었다.

"민수야, 잘 있었어? 아줌마가 내일 아침에 갈 테니 기다려."

메아리가 없는 약속이었다.

다음 날, 새벽부터 비가 쏟아지자 바다에 가는 것은 내일로 미루자는 전화가 왔다.

"벌써 도착했어. 민수를 보려고 일찍 나왔거든."

그녀가 병실에 앞에 왔을 때 지숙은 키가 크고 덩치도 제법 있는 비구니 스님을 배웅하고 있는 중이었다. 두 사람이 합장을 하고 서로를 향해 허리를 숙이는 바람에 그녀도 얼떨결에 손을 모았다. 민수는 여전히 깊은 잠에 빠져 있었다. 간병인이 기저귀를 갈아주기 위해 커튼을 치는 바람에 밖으로 나오니 간이 의자에 우두커니 앉아 있던 지숙이 어두운 표정으로 물었다.

"내일은 수평선을 볼 수 있을까?"

그녀는 날씨를 검색하며 말했다.

"오후에는 갠다고 나와 있네."

"스님이 7시 기차를 타야 한다니까 멀리는 못 갈 것 같아."

"그럼 가까운 다대포로 가자."

지숙은 한동안 말이 없었다.

"그런데 스님이 민수에게 무슨 말씀을 하셨지?"

"이제는 빨리 일어나라는 엄마 말은 듣지 말라고 하시더라. 삶이 귀한 것은 맞지만 얼마나 오래 가는가는 별 의미가 없다고, 지금은 어떻게 몸을 벗을 것인가 생각하는 것이 중요하다고, 그리고 할 수만 있다면 세상을 위하여 자신이 무엇을 할 수 있는지 찾아보고 선택하라고. 그 말이 내 귀에는…"

눈물을 훔치는 친구의 등을 토닥거리며 그녀도 한숨을 내쉬었다.

"그러고는 나는 일부러 죽으러 들어가는데 너는 지금 얼마나 좋은 기회냐고 하시는 거야. 이 말을 해주려고 내려왔다면서…"

"스님이 죽으러 간다고? 설마 빠삐용이 되려는 것은 아니겠지?"

"얘는? 무슨 그런 말을… 다음 주 초에 무문관인가 하는 수행처에 가신다더라."

"무… 문… 관? 그게 뭐지?"

그녀가 되물었다.

"나도 몰라. 삼 년 뒤에 나오신다는데…"

"세상에, 그런데 바다에는 왜 가신다는 건지 정말 궁금하네."

"내일이면 알게 되겠지."

그녀는 집에 도착하는 대로 핸드폰에 무문관이라는 글자를 입력해 보았다. 그리고 줄줄이 쏟아져 나오는 정보들 가운데 하나를 클릭했다.

자물쇠로 굳게 잠가놓은 선방을 본 적이 있는가? 그것이 바로 무문관이다. 깨달음을 얻지 못하면 문밖으로 나오지 않겠다는 뜻이니 죽음을 각오한 수행이라고 할 수 있다.

그녀는 재빨리 화면을 밀어 올렸다.

도봉산 천축사의 무문관이 우리나라 현대 무문관의 효시다. 그
명맥을 백담사 무금선원과 제주 남국선원 등이 잇고 있다. 무
문관 수행은 오전 11시, 작은 공양구를 통해 음식을 넣어주는
일 외에는 외부와 완전히 차단된다. 시시비비가 끊어진 곳에서
묵언을 하며 혼자만의 길을 가는 이 수행처는 깨달음에 대한
결기가 서슬 퍼런 칼날과도 같을 정도다. 무문관은 1228년 중
국 남송시대의 선승 무문혜개가 48개의 화두를 선별해 해설을
덧붙인 선불교의 대표적인 텍스트다. 화두(話頭)라는 자체가
상식적으로는 해결할 수 없는 역설로 가득 찬 난제이니 무문
관이라는 제목부터 고난도의 화두라고 볼 수 있다.

정보는 예상했던 것보다 다양하고 자세했다. 그중에서
무문관이라는 제목을 달고 있는 영화 포스터가 있었다.

이 영화는 2013년 5월부터 감포에 위치한 관음사의 무일선원
에서 11명의 스님들이 천 일 동안 수행하는 장면을 촬영한 것
이다. 무문관은 일반인들에게 잘 알려지지 않은 은밀한 공간

이니만큼 선불교의 독특한 수행을 어떻게 카메라에 담을 수 있었느냐고 묻는 사람들도 있다. 영하 15도의 오대산 월정사에서 동안거 장면을 찍고 역사적 배경을 설명하기 위해 양산 통도사의 극락암과 서운암에서 촬영했다. 도입부에 배우 전무송 씨가 무문혜개 스님의 역할로 잠시 출연 것 외에는 등장하는 사람들이 모두 실제 인물들이다. 제작사 TBC는 불교의 독특한 정중동(靜中動)의 미학을 제대로 표현하기 위해 독일제 최첨단 카메라와 특수 팬텀 고속카메라 등을 사용하여 순도 높은 질감의 영상을 완성하였다. 영화 상영에 앞서 2016년에 제작되었던 TV 다큐멘터리 '무문관'은 제50회 휴스턴 국제 영화제 종교 영화 부문 대상을 받았으며 이어서 불교언론문화상을 수상했다. 그리고 한국방송대상, 지역 다큐 TV 부문 작품상과 일경 언론상 등으로 잔잔한 반향을 일으켰다. 이러한 후광 덕으로 영화 무문관은 개봉한 뒤 다큐멘터리 영화로는 드물게 누적 관객 수 이만 명을 돌파하기도 했다.

텔레비전을 켜고 영화 채널로 들어간 그녀는 2,200원을 지불한 뒤에 바로 영화를 보기 시작했다. 그리고 마지막 부분에 이르러서야 비로소 스님이 바다를 찾는 이유를 짐작하고 고개를 끄덕였다. 문득 알지 못하던 세상을 엿본 기분이 들면서 몇 년 동안 집 문제에 매달려 갈등하고 있는 자신이 한없이 쪼잔하게 느껴졌다.

"하지만…"

하고 그녀는 얼른 생각을 바꾸었다. 사람은 서로 처해 있는 환경과 가치관이 다른 만큼 살아가는 방법이나 목표가 다를 수밖에 없다고, 스님에게는 진리를 깨닫는 것이 목숨을 걸어야 할 정도로 중요하겠지만 자신에게는 주거 문제가 더 소중하고 절실하다고, 그러자 머릿속이 조금 정리되는 기분이었다.

그는 지금 라스팔마스 인근에 정박한 급유선에서 일하고 있다. 오천 톤급의 대형 선박에 육천 톤가량의 벙커유가 실려 있는 하이 순 29호의 기관실이 그의 일터다. 기관실은 선박의 심장답게 열기로 후끈하고 피스톤들이 오르내리는 소리로 귀가 따갑다. 이곳은 기관장과 보조 기관사 외는 함부로 들어올 수 없는 통제구역으로 통로는 갑판으로 연결되는 계단이 유일하다. 선박에는 각국에서 모여든 23명의 선원이 있는데 열 달 동안 근무하고 두 달의 휴가를 한꺼번에 받는 계약직들이 대부분이다.

스페인령인 라스팔마스 해역은 온화한 날씨에 파도가

잠잠해서 비교적 일하기 수월하다. 멀미가 뱃사람의 자존심에 치명적이라 여겼던 풋내기일 때 태풍의 길목인 대만 해역에서 곤욕을 치렀다. 그 뒤로 그는 되도록 환경이 좋은 곳을 우선으로 선택한다. 라스팔마스는 한국으로 돌아오는데 꼬박 사흘이 걸리는 먼 곳이다. 승하선 때는 본사에서 항공권을 주는데 비행기는 스무 시간 정도밖에 타지 않지만 나머지는 환승하기 위해 공항에서 기다려야 한다. 일을 할 때는 집을 그리워하고 휴가 때는 승선할 날을 기다리는 그의 일상을 바탕으로 가족들은 의식주를 보장받는다. 배를 탄 지 한 달이 된 지금 아홉 달은 아득하게 느껴지지만 기다림의 끝은 반드시 오게 되어있다.

이사 준비를 하고 있을 아내가 떠오른다. 며칠 전 보이스톡으로 통화했을 때 현관문에 도어락을 설치했고 소화기도 두 개나 사다 놓았다며 짐짓 밝게 웃었다. 육지에서 일어나는 가정사는 대부분 아내가 맡아서 처리한다. 두 사람은 성격과 취향이 다르지만 주거 문제는 의논이 맞아서 계속 주택가를 전전하다가 십 년 전에 집을 지었다. 햇볕이 잘 드는 언덕배기에 시야를 가로막는 건물이 없어서 노후까지 염두에 두고 지은 집이었다. 평수는 넓지 않지만 아들딸에게 공부방을 한 칸씩 주고 마당에 꽃도 몇 포기 심을 수 있어서 그들은 만족했다. 아내는 가족들의 이름이 모두 들어간 문패를 준비해 대문 위에 달았다. 그리고 지금도 집을 지으면 달겠다면서 그 문패를 소중하게 보관하고 있다.

마음은 수시로 변하는 것인지 땅을 그리워하는 지금과 달리 젊을 때는 바다를 동경했었다. 그래서 해군에 지원했고 해양사고를 수습하는 SSU 특수부대에서 힘든 훈련 과정도 잘 견뎌냈다. 기관장 자격증은 5급부터 2급까지 순차적으로 통과했는데 그런 착실한 이력들 때문에 환갑을 넘긴 나이에도 선박회사에서 다투어 그를 찾는 것이다.

라스팔마스는 유럽과 아프리카를 이어주는 해상항로의 전략 지점이다. 우리나라도 60년대 초부터 원양 사업에 뛰어들었기 때문에 귀에 익숙한 이름으로 잘 개발된 항만과 유럽 사람들이 좋아하는 관광지가 몰려있다. 게다가 해저 석유와 가스 플랜트는 물론 선박수리, 해수담수화 산업들이 집중되어 있으니 해양 수산의 거점인 셈이다. 특히 대서양에서 조업하는 작업선과 원양 화물선들이 거치는 길목이라 기름 장사가 아주 잘된다. 선박에 연료를 공급하는 벙커링 사업은 해운 영업이익의 상당 부분을 차지하고 있다. 그에 비하여 선원들이 받는 임금은 그리 높은 편이 아니다. 선원들은 중국, 인도네시아, 미얀마에서 온 힘 좋은 젊은이들이 대부분이고 한국인은 선장과 그가 유일하다. 한국 사람들은 후진국에서 온 선원에게는 대체로 친절하지만 두 사람이 함께 있으면 반드시 다툼이 일어난다는 말이 있을 정도로 사이가 좋지 않다. 몇 년 전 하와이 해역에서 일할 때 한국 선원들이 별것 아닌 일로 다투다가 상대를 칼로 찔러 죽이는 사건이 있었다. 그는 파도를 타고 흘러온 소문을 들으며 육지였다면 소주 한 병으로 충분히 해결할 수 있는 일이었을 거라고 안타까워했다.

라스팔마스는 이름처럼 아름답고 매력이 있는 곳이지만 선원들에게는 그림의 떡일 뿐이다. 특성상 한자리에서 조업하는 어선을 제외하면 대부분 직접 급유선을 찾아오기 때문에 배가 움직일 일은 그리 많지 않다. 하지만 해류를 따라 흘러가는 것을 막기 위해서 기관을 항상 가동시켜 놓는다. 기름이 다 팔리면 탱크를 채우기 위하여 그랑카나리아 부두로 입항하는데 오륙천 톤의 기름을 주입하려면 꼬박 하루가 걸린다. 그런 날은 모처럼 마음 놓고 쉴 수 있다. 오랜만에 땅을 밟는 선원들은 생필품을 구입하고 삼삼오오 맥주를 마시거나 술과 담배를 숨겨오기도 한다. 지금은 세계 어디를 가더라도 국산 라면이나 가공 식료품들을 어렵지 않게 살 수 있지만 음식 때문에 불편한 것은 예나 지금이나 크게 다르지 않다. 조리사가 베트남 사람이면 그런대로 세끼를 얻어먹을 수 있지만 이번처럼 육류와 기름을 많이 쓰는 중국인 주방장에게 걸리면 스스로 생존할 방법을 찾아야 한다.

그는 양배추와 매운 고추와 말린 마늘 가루 등등을 구입한다. 양배추를 잘게 썰어 소금에 절인 뒤 한국에서 가져온 고춧가루를 넣고 버무려 익히면 제법 깔끔한 맛이 나는 김치가 된다. 아내가 챙겨준 갖가지 장아찌와 고추장, 말린 미역과 김 등은 비상 식품처럼 아껴먹는다. 요즘 들어서 부쩍 그리워지는 음식이 있다. 아내는 휴가 때면 반드시 민물 뱀장어로 곰국을 만들어 주었다.

"기력을 보충하는 데는 이보다 좋은 것이 없어요. 어렵게 구한 것이니 약이라고 생각하고 먹어요."

뽀얀 국물은 고소한 맛도 일품이지만 먹고 나면 바로 효과가 나타나는 것을 느낄 수 있었다. 하지만 채식 위주의 음식을 즐기는 아내는 비위가 약해서 아예 입에 대지 않았다. 자연산을 구하지 못해 양식 장어로 곰국을 만들었다는 것은 그의 혀가 먼저 알아차렸다. 비리고 느끼해서 도저히 먹어낼 수가 없었던 것이다. 나이 탓인지 아니면 곰국을 구경 못 한 지 십수 년이 된 탓인지 갈수록 힘이 떨어지고 난청도 심해졌다. 그는 기분이 처질 때면 소주만큼 확실한 약이 없다고 입맛을 다신다. 가끔 살기 위해 먹는 것인지 먹기 위해 사는 것인지 모르겠다는 푸념이 나오지만 답은 간단하다. 먹기 위해서 산다고 생각하면 서글픈 마음이 되지만 살기 위해서 먹는다고 바꾸면 꿈이 따라온다. 아내는 이제 도시에 집을 짓는 일은 불가능해졌다면서 자신들의 꿈을 수정할 필요가 있다고 했다. 그리고 재개발이 확정되던 해 삼랑진 부근에 집 지을 땅을 조금 샀다. 강이 보이는 전원주택에서 게으르고 안락한 노후를 보내기 위하여 그는 오늘도 주류 코너를 지나친다. 근무 중에 술을 마시지 않겠다는 결심은 첫 승선 때 생겨났다. 한국인 갑판장의 권유로 위스키를 몇 병 비우고 잠자리에 들었는데 다음 날 그의 모습이 보이지 않았다. 갑판장의 시신은 수색을 시작한 지 하루 만에 찾았지만 물고기들의 먹잇감이 되었던지 많이 훼손되어 있었다. 하선한 뒤에 부인에게 문제가 많았다는 소문을 들었다. 그때 어쩌면 의도적으로 실족한 것이 아니었을까 하는 생각을 잠시 했었다.

그의 각오는 집으로 오는 비행기 속에서 달콤한 백포도주 한잔을 시작으로 서서히 무너진다. 그리고 소주가 세계 최고의 명주라는 사실을 재확인하는 시간들이 두 달 정도 계속된다. 특히 집에서 가까운 다대포 회센터에서 직접 고른 자연산 생선회를 안주로 마시는 순도 16.9도의 소주는 천상의 맛이다. 거기에 아내의 걱정과 잔소리가 조금 곁들이면 삶의 결이 생생하게 느껴지는 기분이다. 그는 육지에서 보내는 두 달이야말로 감옥과 다름없는 기관실에서 자신을 버티게 하는 힘이라고 여기며 만족한다.

주지 스님이 돌아왔다. 노보살의 소식을 전할 때만 해도 혜원은 스님이 수행을 중단할 것이라는 생각을 전혀 하지 못했다. 자신이 살던 집과 논밭을 부처님 도량으로 써달라며 내놓았던 보살이었다. 그 뒤 여든 중반이 될 때까지 공양간에서 대중들의 밥 바라지를 했으니 모두들 밥보살이라 불렀다. 서울 변두리 산 중턱에 작은 사찰이 들어서자 등산로가 열리고 길목에 음식점들이 생기면서 땅의 가치가 달라졌지만 죽은 뒤에 육신을 거두어달라는 부탁이 전부였다고 들었다. 주지 스님이 절 살림을 혜원에게 맡기고 평생 벼르던 무문관 수행에 들어간 지 얼마지 않아 노보살의 치매기가 드러나기 시작했다. 먹고 배설하는 일조차 스스로 못하니 요양병원으로 보내야겠다는 소식을 전해 들은 스님은 다음 날 바로 무문관에서 나왔고 직접 뒷바라지하기 시작했다. 혜원은 미음을 떠먹이거나 몸을 닦아주고 얼굴을 어루만지는 스님을 바라보면서 가끔 자비라는 말을 떠올렸다.

들어오는 문은 있으나 나가는 문이 없는 무문관 수행은 고독과 질병과 번뇌 외에도 현실적인 마장들이 뒤따르기 마련이다. 영화 초반부에 나오는 삼성 스님은 계룡산 대자암에서 무문관에 들어갔다가 일 년 만에 체중이 삼십 키로 그램 이상 빠진 채 가부좌 자세로 열반했다. 당시 스님을 수발했던 시자는 스님이 삼매경 상태로 해탈했을 거라 믿었는데 고통으로 일그러진 얼굴을 보며 가슴이 미어졌다고 전했다. 수행자들의 궁극적인 목표는 유무의 경지 너머에 있는 허공의 관문을 깨어있는 의식 상태로 통과하는 것이다. 불교에서는 한 사람이 그렇게 무아를 이루는 것을 자비 혹은 사랑 자체가 되는 일로 여기며 세상을 정화시키는 근원이라고 믿는다.

먹빛 옷을 입은 지 삼십 년이 넘었지만 스무 살 무렵에

품었던 혜원의 의문은 지금도 진행 중이다. 삶의 시작과 끝이 너무 아이러니하고 태어남과 죽음이 자신의 의지와 상관없이 진행되고 있다는 사실, 그렇다면 인간이 할 수 있는 일은 무엇이며 그 한계는 어디까지인가? 그것이 알고 싶어서 수행자의 길을 선택했지만 답은 고사하고 갈수록 마음이 어지럽다.

그러던 어느 날 무문관 수행 과정을 촬영하고 있는 감독이 주지 스님을 찾아와 수행을 중단한 이유를 물었다. 연유를 들은 감독이 노보살의 모습을 카메라에 담고 싶다는 뜻을 비쳤을 때 스님은 고개를 흔들었다. 그러나 다음 날 그를 다시 불러 사위어 가는 노보살의 육신을 촬영하도록 허락했다.

"스님, 생각이 바뀌신 까닭을 여쭈어봐도 되겠습니까?"

혜원의 물음에 스님은 한동안 말이 없었다.

"몸이 얼마나 중요한 것인지 또한 얼마나 속절없는 물건인지 대중들에게 보여주는 것 또한 자비가 아니겠는가 하는 우리 밥 보살님의 마음을 읽었다고나 할까요."

"자비…"

늘 입에 달고 사는 말이지만 그 자체가 되어본 적은 한 번도 없었다. 노 보살은 태어나고 늙어 병이 드는 과정을 충분히 경험했다는 듯 이 년 뒤에 세상을 떠났다. 그러나 주지 스님은 더 이상 무문관 수행을 계속할 마음이 없어 보였다. 어쩌면 장소에 대한 경계나 수행이라는 틀에서 벗어나 세상 그 자체를 하나의 무문관이라 여기는지도 모를 일이었다. 그 무렵 화엄경 핵심 내용인 법성게의 한 구절이 혜원의 내면으로 파고들었다.

"법의 성품 원융하여 두 모양이 본래 없고
모든 법이 부동하여 본래부터 고요하네.
이름 없고 모양 없어 일체가 다 끊겼으니
깨친 지혜로 알 뿐 다른 경계로 알 수 없네."

어느 날 새벽 예불 중에 불현듯 무문관 수행을 해야겠다는 마음이 일어났다. 발심의 순간이 깨침 상태라는 의상조사의 가르침이 맞는다면 실천하는 것이 마땅하다고 여겼다. 그리고 긴 기다림 끝에 20년 이상 출가 수행자 중에서도 엄선하여 주어지는 관문을 통과했다는 소식을 들었다. 그날 문득 한 여인의 모습이 떠올랐다. 힘겹게 절을 계속할 때도 있고 가끔 법당 밖까지 숨죽여 우는 소리가 새어 나오기도 했었다. 어느 날 공양을 하라고 붙들어 사정 이야기를 들었다. 교통사고로 의식을 잃은 딸을 돌보기 위해 부산에서 올라왔다고 했다. 딸이 기거하던 원룸에 있다 보면 가슴이 터질 것 같아서 산책을 나오는데 사찰이 눈에 들어오기에 찾게 되었다면서 하소연을 했었다.

"일 년 동안 뇌수술을 세 차례나 했습니다. 그런데 갈수록 상태가 나빠지고 있으니 어찌해야 좋을런지요. 내가 지은 죄를 자식이 받는 것 같아서 참회하고 있습니다만 어떻게 감당을 해야 할지 모르겠습니다."

"심지를 굳건히 하십시오. 누구의 탓이 아니라 각자의 몫이라 여기시는 것이 좋습니다. 따님도 어머니가 이렇게 슬퍼하는 것을 원치 않을 것입니다. 제가 한 번 문병을 가도 되겠습니까?"

지푸라기라도 잡은 심정으로 여자가 눈물을 흘렸다. 혜원은 그렇게 스물다섯 꽃다운 육신에 갇혀 있는 민수와 인연이 된 뒤로 새벽마다 기도를 올리고 있던 터였다.

일기예보와 달리 비는 아침부터 줄기차게 내린다. 스님은 커튼을 쳐 놓은 채 낮은 목소리로 민수에게 속삭이고 있다. 한참 뒤 병상에서 나오는 스님의 손에 한 권의 책이 들려있다.

"보살님 휴대폰에 이 내용을 녹음한 파일을 넣어 놓았습니다. 하지만 될 수 있으면 귀에 대고 직접 읽어주는 것이 더 좋습니다."

스님은 지숙이에게『티벳 사자의 서』라는 제목이 붙은 책을 건네며 간병인에게도 같은 부탁을 한다.

"민수의 휴대폰에는 파일과 함께 음악도 여러 개 있으니까 자주 들려주십시오."

간병인이 묻는다.

"그런데 스님요. 무슨 내용인지 저도 알면 안 될까요?"

"우리가 보고 듣고 경험하는 것들이 모두 신기루에 불과하다는 내용이 들어있습니다. 태어나고 죽는 것은 물론이고 마음도 실체가 없다는 사실을 알면 삶과 죽음을 바라보는 관점이 달라지겠지요. 사람은 누구나 죽음을 맞이해야 하는데 그 순간에 정신을 차리고 진리의 빛을 따라가는 방법을 일러주고 있습니다."

간병인이 고개를 갸웃거린다.

"하지만 스님요. 보시다시피 여기 이렇게 실제로 보이고 들리는데 가짜라 하시니 이해가 안 가네요. 허긴 한때 세상은 요지경이라는 노래가 유행했던 적이 있었지요. 그게 그 말인지는 모르겠지만..."

"그래요. 같은 뜻으로 보시면 됩니다. 아무튼... 우리 민수 잘 부탁합니다."

병원을 나온 세 사람은 차에 오른다.

"스님. 어떤 바다가 보고 싶으신가요? 부산에는 온갖 바다가 다 있거든요."

"어디든 상관없습니다. 어차피 모두 연결되어 있을 테니까요."

차가 움직이자 계속 망설이던 지숙이 어렵게 말을 꺼낸다.

"이 친구의 전화를 받고 어제 밤늦게 영화를 보았습니다. 그리고 스님께서 어떤 수행을 가시는지 알게 되었어요. 영화 말미에 혹독한 천일 수행 끝으로 스님 두 분이 암에 걸렸다는 내용이 나오던데요, 스님. 제 좁은 소견으로는요."

지숙이 한참 동안 말을 잇지 못한다.

"꼭 그런 수행을 가야 하는지 말리고 싶은 심정입니다."

혜원은 고개를 끄덕이며 수없이 하던 질문을 되씹는다.

누가 알 것인가. 내 속에 이렇게 끈질긴 암세포들이 나날이 커지고 있다는 사실을, 어쩌면 무문관 수행에 들어가는 자체가 나는 특별하다는 또 하나의 암으로 작용할지도 모른다. 나라는 암, 나는 누구라는 암, 내가 나를 안다는 암, 내가 나를 모른다는 암, 나는 옳고 너는 그르다는 암, 우리는 에고가 끊임없이 만들어내는 그 암 때문에 고통받고 그 암 때문에 죽는다. 그리고 역설적이게도 그 암 덕분에 현실을 살아가고 있다. 살아서 들어온 삶의 문을 살아서 나가고 싶다는 이 간절함은 허상인가, 욕망인가, 문밖에 있는 자물통의 열쇠를 손에 쥐고 문 안에 앉아있는 나는 정녕 누구인가? 어디서 와서 어디로 가고 있으며 어이해 와서 어이해 죽어갈 것인가, 그리고 언제쯤 이 어리석은 질문들에서 자유로워질 수 있을까?

수행에 들어갔던 열두 스님 중에서 아홉 명이 천 일을 채우고 나왔다. 그중 한 사람인 서담 스님이 무문관을 벗어나 처음으로 찾은 곳이 감포 앞바다였다. 허연 거품을 물고 쉼 없이 몰려오는 파도와 마주 선 스님이 말한다.

"끝이 났는데 돌아보니 천 일이라는 세월이 보이지 않아요. 천일 전의 자리와 지금의 자리가 하나도 다르지 않네요."

혜원은 굳게 잠긴 무문관의 자물통을 열 수 있는 열쇠는 시간뿐이라는 사실을 안다. 그 천 일은 사람이 정해놓은 경계며 방편일 뿐 지금이라는 순간을 놓치지 않다 보면언젠가 문은 열리기 마련이다. 문득 서담 스님과 삼 년 뒤 자신의 모습이 겹쳐진다. 그러자 뜬금없이 두렵고 불안한 마음이 밀려오면서 깨치고 말겠다는 서슬 퍼런 갈망을 덮치기 시작한다. 혜원은 눈을 감고 가만히 그 소용돌이를 바라본다. 이런 불청객은 저항하는 만큼 오래 머물고 피할수록 자주 찾아오지만 반응하지 않으면 금방 스쳐 가는 바람이라는 사실을 알기 때문이다.

"다대포를 보고 난 뒤에 이기대로 가면 어떨까? 비가 그치면 스카이 워크에서 수평선을 볼 수 있을 것 같은데…"

지숙이 침묵을 깨트리며 그녀에게 속삭인다.

"남항대교와 부산항대교를 타면 이기대도 금방 갈 수 있어."

그녀의 말에 지숙이 스님을 돌아보며 말한다.

"스님, 우선 가까운 다대포로 가겠습니다. 전망대 건물이 특이하고 예뻐요. 게다가 지붕에 올라가면 바다는 물론이고 낙동강 하구를 한눈에 볼 수 있답니다. 오늘은 비가 와서 어떨지 모르겠지만요."

"을숙도에 대해서는 들은 적이 있어요. 철새 도래지라고…"

스님의 말에 그녀가 거든다.

"낙동강 하구에는 철새뿐 아니라 여러 어종들이 서식하지요. 워낙 무분별하게 개발하고 채취를 하는 바람에 사라져버린 것도 많지만요. 민물 뱀장어 같은 경우는 굉장히 흔한 물고기였어요. 뱀장어는 연어와 반대로 강에서 오륙 년 정도 살다가 새끼를 낳기 위해 태평양 심해로 가는데 도착할 때까지 아무것도 먹지 않는다고 합니다. 그래서 산란지에 이를 때는 몸무게가 반 이상 줄어든대요. 사실 산란지 위치나 알을 낳는지 새끼를 낳는지조차 아직도 정확하게 모른다고 합니다마는… 아무튼 이 새끼들이 9개월 정도 걸려 모천으로 돌아오는데 천신만고 끝에 강하구에 도착해도 둑 때문에 올라가지 못하는 겁니다. 지금 시중에서 팔고 있는 뱀장어는 오도 가도 못하는 이 치어들을 잡아서 양식을 한 것입니다. 실뱀장어 가격이 비쌀 때는 일 킬로그램에 칠팔백만 원을 넘을 때도 있다는데 돈이 되니까 어부들은 또 기를 쓰고 치어를 잡아들이지요. 이런 악순환이 계속되고 있으니 머지않아 뱀장어라는 물고기를 구경할 수 없겠지요."

"우리 어릴 때 만해도 금곡동에 장어구이 식당이 엄청 많았잖아. 삼락천에 재첩도 지천이었고… 그때 할머니에게 들은 말인데 뱀장어 내장에 음식 찌꺼기가 있는 것을 본 적이 없다고 하셨어. 아무튼 스님, 이 친구는요. 웬만한 환경운동가보다 까다롭고요. 아는 것이 너무 많아서 세상살이가 엄청 고단하고 힘이 든답니다."

지숙의 뒷말에 두 사람이 낮게 웃는다.

강변도로를 달려온 차가 전망대 입구로 접어들자 스님이 의아하다는 듯이 묻는다.

"이렇게 가파르고 높은 지대에 대단지 아파트가 있다는 것이 참 신기하군요."

"다대만덕지구 특혜로 한때 세상이 떠들썩했던 곳입니다. 쓸모없이 버려진 임야를 헐값에 사들여 규제를 푸는 방법으로 차액을 챙긴 사건이었어요. 그 일에 가담했던 건축과 공무원 두 명이 스스로 목숨을 끊었고 금품 수수 혐의로 수감 중이던 부산 시장도 정치적 음해라면서 교도소에서 목을 매고 죽었고요. 그 당시 공무원 두 사람은 자살을 당한 것이 분명하다는 말이 많이 돌아다녔어요. 아무튼 당사자들이 모두 죽어버리는 바람에 사건은 축소되고 유야무야 끝났지요. 들리는 말로는 해운대 엘시티 건물도 그때 이영복인가 하는 사람이 쓰던 수법과 똑같다는 소문입니다. 백사장 바로 앞에 백층 넘는 건물이 세 동이 어떻게 허가가 날 수 있는지... 정경유착의 표본이라는 말이 난무하지만 우리 같은 서민들이 뭘 알 수 있겠습니까."

그녀의 설명에 지숙이 혀를 찬다.

"살아가는 방법이 다들 다르기도 하지. 어떤 것이 정답인지 알 수도 없고…"

노상 주차장에 차를 세우고 삼층으로 올라가니 카페는 텅 비어있다. 세 사람은 저마다 망원경에 눈을 대고 유리창 밖을 살피지만 빗물과 짙은 안개 때문에 보이는 것이 없다. 커피를 마신 뒤 이층 전시관으로 내려온 그들은 모래섬과 철새와 낙조의 사진들을 보면서 하구의 풍경들을 나름으로 짐작해 본다.

이기대로 가기 위해 주차장으로 나오자 그새 비가 그치고 안개는 급한 일이라도 생겼다는 듯이 공단 쪽으로 몰려가는 중이다. 누가 먼저랄 것도 없이 건물 외벽 계단을 통해 전망대 지붕 위로 올라간 세 사람은 눈앞에 펼쳐진 풍경에 탄성을 지른다. 강원도 황지 연못에서 발원하여 500여 킬로미터를 흘러온 강물은 크고 작은 모래톱들을 허물처럼 벗어놓고 바다와 교접 중이다. 그 풍경이 워낙 아름답고 장엄하여 세 사람은 잠시 자신들에게 주어진 숙제를 잊어버린다.

몰운대 쪽에서 머리를 드러낸 컨테이너 화물선 한 척이

움직이는 듯 멈춘 듯 서서히 떠가고 있다. 활주로를 향해 몸을 낮추며 다가오는 비행기를 바라보며 그녀는 지난달 김해공항에서 출국한 남편을 생각한다. 짐짓 씩씩하게 입국장으로 들어가던 그가 어느 순간 몸을 돌리더니 한껏 폼을 잡으며 손을 들어 보였다. 그녀도 영화 속의 여주인 공처럼 입술에 대었던 손가락을 날리며 윙크를 보냈다. 그들은 안다. 그 한순간이 두 사람에게는 열 달 정도를 그 럭저럭 버틸 수 있는 힘이 된다는 것을.

구름 속에 있던 해가 갑자기 드러나는 바람에 물의 표면에서 반사되는 빛이 수천 개의 화살이 되어 날아온다. 그녀는 눈을 감으며 이마에 손차양을 친다. 눈꺼풀 속에서 꼬물거리던 하얀 벌레들이 순식간에 치어들로 변하여강을 거슬러 올라가기 시작한다. 투명한 실뱀장어 떼를 따라가며 그녀는 무리를 놓치지 않으려고 다리에 힘을 준다.

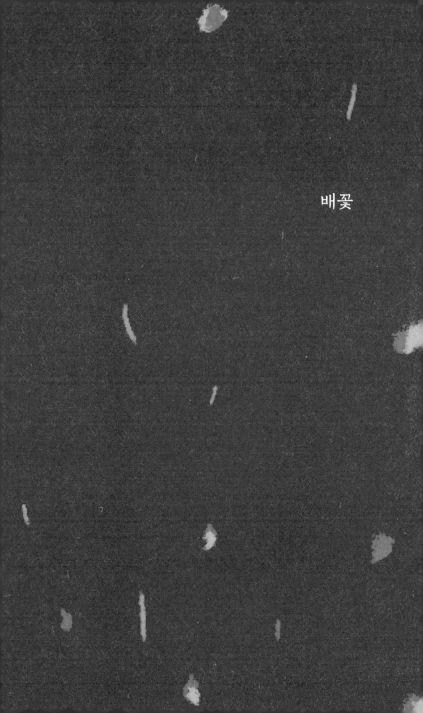

배꽃

날씨가 달라졌다. 눈을 뜨자마자 마당으로 나온 상만 씨는 얼굴에 와 닿는 바람의 감촉으로 봄이 문턱을 넘어 섰다고 느낀다. 동지를 보내고 열흘 정도만 지나면 지팡 이를 짚은 할머니가 십리 길을 더 갈 수 있다는 말처럼 낮 이 많이 길어졌다. 가지산 등성이에 붉은 동살이 훤하고 참새 떼의 수다도 한층 시끄럽다. 봄이 되면 날씨가 변덕 이 심한 여자처럼 조석으로 달라진다. 새벽에는 지붕이 며 나뭇가지에 서리꽃이 피지만 한낮에는 윗도리를 뚫고 들어오는 햇볕이 제법 따갑다. 이때쯤이면 겨우내 얼었던 빈 밭을 경운기로 갈아엎고 퇴비를 뿌리거나 비닐을 덮는 등 농사일을 준비한다. 농작물은 말할 것도 없고 축산도 손발이 부지런해야 얻어먹을 것이 생긴다. 지금부터 추 수가 끝나는 초겨울까지는 자칫 때를 놓치면 낭패를 보기 마련이라 몸이 바쁘다.

작년 여름에는 손재수가 들었던지 삼복더위에 새끼를 낳은 암소를 잃었다. 송아지 한 마리가 서른 마리 큰 소로 불어나는 과정에서 어미 소가 죽는 경우는 처음이라 상심이 컸었다. 새끼는 우유를 먹여서 겨우겨우 살려냈지만 한순간에 몇백 만원이 날아간 셈이었다. 그러다 보니 평소 저혈압 증상이 있는 그의 아내 경자 씨는 신경이 날카로워지고 혈압이 내려가는 바람에 며칠 동안 병원 신세를 졌다. 상만 씨도 사룟값과 인공 수정비 등이 아까워서 마음이 많이 상했다. 그 끝으로 자꾸 기운이 떨어지는 것 같아 보약 말을 꺼냈는데 태방부터 주던 아내였다.

"그냥 말린 약재 넣고 닭이나 한 마리 삶아 먹으면 되지."

그때 서운했던 심정은 몇 달이 지나도 가시지 않았다. 막내딸 명희가 정신병원에 입원한 지 이 년이 넘었고 지금도 여전히 돈이 들어가고 있으니 그런 말이 나올 법도 했다. 첫딸은 일찌감치 짝을 만나 제가 벌어 모은 돈으로 결혼을 했지만 아들이 신혼집을 마련할 때는 아파트 가격의 절반을 보탰다. 무슨 재주로 그렇게 큰돈을 만들었는지 모를 일이지만 사실 아내가 돈을 불리는 방법은 간단했다. 함부로 쓰지 않는 것과 현금은 최소한의 비상금도 남기지 않고 읍내에 있는 농협에 맡겼다. 그런 알뜰함으로 집과 논밭과 과수원과 축사와 트럭까지 마련할 수 있었다고 그는 인정했다.

아내는 가끔 정부가 병원비를 지원해 주지 않는다고 불평을 했지만 자식 일이라 대놓고 떠들지는 않았다. 어릴 때부터 그림에 소질이 있어서 전문대학을 졸업하기 전에 출판사에 취직을 할 정도로 착실했던 딸이었다. 잘 다니던 직장을 그만두고 웹툰 작가가 되겠다고 시골에 올라왔을 때 까닭 없이 가슴이 철렁 내려앉았었다.

"웹툰이 뭐 하는 일이냐?"

물었더니 인터넷에 만화를 연재하는 일이라고 했다.

"작품이 끝날 때까지 당분간 시골에 있을게요."

만화 나부랭이를 보는 사람이 어디 있을까 싶었다. 아내는 소질을 살리는 것도 괜찮다며 아이 편을 들었다. 결혼하기 알맞은 나이니 저러다가 시집이나 보내면 된다는 눈치였다. 그래서 종일 방안에 틀어박혀 있어도 일을 하는구나 여겼다. 딸의 행동이 이상하다고 느낀 것은 창문 틈을 테이프로 꽁꽁 막은 것을 발견한 뒤부터였다. 처음에는 고약한 냄새가 나서 견딜 수 없다는 말에 축사와 집 주변에 소독약을 뿌렸다. 아내는 점쟁이를 찾아간 모양이었다.

"대주가 업장이 많구먼. 달래주어야 할 원혼들이 있으니 굿을 한 번 해야겠어."

"업장이라니요? 얼마나 어진 사람인데…"

"누가 알겠는가? 나무 하나 잘못 건드려도 동티를 맞는 것이 업장인걸."

점쟁이의 말을 전해 들은 상만 씨는

"돈이 문제네."

할 뿐 별다른 반응이 없었다. 경자 씨는 결국 큰 굿을 하고 조상 무덤을 찾아가 산신제도 지냈다. 그 얼마 뒤에 명희가 가출을 하는 소동이 벌어졌으니 상황이 나아지기는커녕 오히려 악화된 셈이었다. 일주일 만에 경찰서에서 아이를 찾았다는 연락이 왔지만 어디서 무엇을 하며 지냈는지 알 수 없었다. 병원에서 조현병 2기라는 진단결과가 나왔다. 의사는 전문 병원에 들어가서 집중적으로 치료를 받으라고 했지만 시기를 놓친 셈이었다. 뒤늦게 점쟁이에게 속았다고 후회했지만 흘러간 물이었다.

상만 씨는 손수레에 가득 싣고 온 짚을 여물통에 골고루 풀어놓았다. 고개를 길게 빼고 먹어대는 암소들을 바라보는 마음이 더없이 흐뭇했다. 매년 논농사를 줄이는 바람에 사룟값이 수월찮게 들어가지만 소 값이 오르고 있다니 그보다 반가운 일이 없다. 축사에서 나온 그는 닭장 문을 열고 호스로 빈 물통을 채웠다. 암탉들이 다투어 목을 축인 뒤 먹이를 찾아 몰려나가고 수탉은 느긋하게 그 주변을 맴돈다. 암탉 두 마리의 등짝 털이 뽑히고 상처가 난 것으로 보아 간밤에 수탉의 집중적인 사랑 공세를 받은 것이 분명하다. 지난 가을에 병아리를 스무 마리 사다 넣었는데 하나둘 잡아먹고 열두 마리가 남았다. 그중에서 두 마리가 수탉이니 이제 한 마리만 처리하면 알맞은 성비가 될 것이다. 병아리를 넣을 때마다 신신당부를 했건만 이번에도 수평아리가 여섯 마리나 들어 있었다. 하지만 벼슬이 올라오기 전에는 딱히 암수를 구별할 재주가 없다. 사람들이 너나없이 암평아리만 찾으니 장사꾼이 모르는 척하고 끼워 넣는 것이다. 그러다 보니 장닭이 되면 서열 다툼을 하느라 온 동네가 시끄럽다. 여섯 마리가 날마다 개인전은 물론이고 서로 물고 뜯으며 집단 패싸움을 벌이니 벼슬은 시커멓게 변하고 뽑힌 털이 온 마당에 날아다닌다. 수탉의 세계에는 이인자가 없다. 결국 마지막까지 남은 놈이 승자가 되고 다섯 마리는 닭장에도 들어가지 못하는 노숙자 신세로 전락한다. 어쩌다 대장이 잠시 방심한 틈을 타서 잽싸게 암탉을 올라타는 경우가 있지만 걸렸다 하면 목숨을 부지하기 어렵다. 하나 여자도 다스리지 못하는 상만 씨는 암놈들에게 매일 골고루 씨를 뿌리는 수탉이 부럽기보다 안쓰럽다. 그러나 갈수록 기운이 펄펄하고 털에서 윤기가 잘잘 흐르니 알다가도 모를 일이다.

상만 씨는 혼잣말로

"어이구, 이 어리석은 놈아. 적당하게 나누고 살면 니도 좀 편할 텐데…"

하고 중얼거리지만 저들이 살아가는 방식이 그러하니 관여할 일이 아니다. 나머지 수탉들은 평생 찍짓기도 한 번 못하고 대장 눈치를 보며 빌빌거리니 놈들을 도와주는 방법은 빨리 잡아먹어 주는 것이다. 하지만 상만 씨는 닭을 잡을 줄 모른다. 아내가 그 힘센 수탉의 양 날개를 모아 쥐고 칼로 멱을 따는 모습을 보면서 자기도 모르게 몸서리를 칠 때도 있다. 그런 상만 씨를 보며 경자 씨는 저 것도 사내라고 하는 표정으로 콧방귀를 뀐다.

계란을 담아 닭장 밖에 내놓고 상만 씨는 배밭으로 들어간다. 겨우내 삭힌 소똥을 덮어준 탓인지 나무 둥치는 하나같이 아름차고 기름기가 흐른다. 아무리 생각해도 교배종인 신고를 심은 것은 잘한 것 같다. 이 품종은 때깔이 좋은 데다 맛이 달고 오래 저장을 해도 변하지 않는다.

배 농사는 자가수정이 안 되니 인공수분 작업이 필수적이다. 대부분의 꽃이 벌과 나비들을 유인하여 열매를 맺는데 비해 배꽃에는 일일이 암꽃술에 수꽃 가루를 발라주어야 하기 때문에 손이 많이 간다. 이제 달포 정도만 지나면 사방이 배꽃 천지가 될 것이다. 상만 씨는 꽃눈들을 살피면서 웃자란 가지들을 잘라 줄 때가 되었다고 생각한다. 수꽃 가루를 채취할 금촌추 세 그루에 따로 표시하는 그의 손놀림이 바쁘다. 가루받이 나무는 최대한 가지를 뻗어야 꽃이 많이 달린다. 농작물이 다 그렇겠지만 특히 과일 농사는 거름을 내거나 전지 작업과 농약을 뿌리는 등 힘을 써야 할 일이 많다. 하지만 수분 작업을 비롯하여 열매를 솎아내거나 봉지 싸는 일은 모두 경자 씨의 몫이다. 작년에는 꽃샘추위가 계속되는 바람에 꽃잎이 얼어서 당도가 적고 꼭지 부분이 튀어나오는 불량품이 많았다. 그래도 죽으라는 법이 없는지 상품 가치는 떨어져도 과일값이 뛰는 바람에 평년작을 한 셈이었다.

가지산 봉우리에 머물던 햇살이 지붕과 나뭇가지에 닿

자 서리가 금방 녹아내린다.

"아침 안 먹고 뭐하요."

느릿느릿 걸어오는 남편을 향해 경자 씨가 퉁명스럽게 소리를 지른다. 이 형편에 보약을 입에 올리는 것을 보면 미운 짓을 하려고 작정이라도 한 것 같다. 상만 씨도 저런 성격으로 어떻게 바느질을 했는지 모르겠다고 구시렁댄다. 경자 씨는 처녀 때 봉제 공장에서 미싱사로 일했다. 그 이력을 살려 결혼한 뒤로 줄곧 세탁소를 하는 남편 옆에서 옷 수선을 했다. 상만 씨는 그 덕으로 귀농에 대한 꿈을 앞당길 수 있었으니 고맙기 짝이 없다고 여긴다. 하지만 사람이 갈수록 사나워지니 서운함을 넘어 무서울 때도 있다. 거기다가 자기 먹을 약은 알뜰하게 챙기면서 남자 말을 손톱 밑의 때보다 못하게 여기니 가슴이 쓰리고 아프다.

연애할 때 받은 편지를 지금까지 보관하고 있는 상만 씨다. 가끔은 저 매몰참이 자기 때문이라고 자책하지만 한번 올라온 섭섭함은 쉬 가시지 않는다.

그리운 상만 씨, 혹은 보고 싶은 상만 씨로 시작하는 아내의 편지를 애타게 기다리던 시절이 있었다. 파란 잉크로 또박또박 눌러 쓴 그 편지를 품에 안고 그녀의 체온을 상상하고 느끼던 상만 씨였다. 그 순간들이 없었다면 이 국만리 이름 모를 어느 밀림에서 죽어갔을지 모른다는 생각은 지금도 변함이 없다. 말없이 밥을 먹고 난 뒤 상만 씨는 뒷덜미를 쓸어보았다. 그리고 사흘 정도 전지 작업이 끝나면 머리를 자르러 이발소에 가야겠다고 마음을 먹었다.

날씨가 따뜻하고 장날까지 겹쳐서 청춘 이발소는 사람들로 붐비고 있다. 상만 씨는 자판기에서 공짜 커피를 한 잔 빼 마시며 아는 사람들과 인사를 나눈다. 아내가 장을 보는 사이에 머리를 깎으려고 했는데 기다리는 사람이 많아서 아무래도 집까지 태워다 주고 다시 나와야 할 것 같다. 손님들은 대부분 주변 마을의 노인들로 장날이 되면 딱히 볼 일이 없어도 읍내로 나온다. 한때는 시장 주변에 커피 한잔으로 두어 시간 노닥거릴 수 있는 다방과 편하게 막걸리 한잔 마실 술집도 많았었다. 그 집들이 하나둘 사라지고 마땅히 갈 곳 없는 이런 노인들에게 청춘 이발소는 사랑방 구실을 톡톡하게 한다.

이발사 강 씨는 평생 가위질로 돈을 번 사람답게 눈치가 빠르고 싹싹해서 누구든 반갑게 맞이한다. 그런 사람이 작년에 본처와 헤어지고 새살림을 차렸다. 강 씨의 아내는 자그마한 체격에 손이 따뜻해서 날카로운 면도날을 목에 들이대도 편안하던 여자였다. 들리는 말로는 여자가 먼저 이혼 소송을 제기했고 재산도 딱 절반으로 나누었다고 했다. 남의 말 좋아하는 사람들은 평생 같이 일을 했으니 반으로 나누는 것이 옳다고 여자의 편을 들었다. 읍내에 하나뿐이던 이발소가 없어지자 단골인 상만 씨는 머리 깎을 곳을 찾지 못해 불편을 겪었는데 그렇다고 미장원으로 갈 수도 없어서 전전긍긍했었다. 어느 날 상만 씨는 청춘 이발소의 기둥에 멈추어 있던 간판이 다시 돌아가고 있는 것을 보았다. 죽었던 사람을 만난 것처럼 반가운 마음으로 문을 열 때만 해도 주인이 바뀌었을 확률이 높다고 생각했다. 그런데 강 씨가 멀끔한 얼굴로 그를 맞이했다. 하얀 가운을 입은 젊은 여자 면도사가 그의 곁에 서 있었다. 소문은 꼬리를 물고 방향 없이 날아다녔다. 누군가가 새장가를 드니 어떠냐고 노골적으로 물은 적이 있었다. 강 씨는 조금 망설이다가

"좋은 것도 있고... 안 좋은 것도 있고..."

하면서 말을 얼버무리더라고 했다.

"요즘 한국에 면도사가 있나? 베트남으로 돈이야 좀 보

210

내겠지만 엄청 싸게 먹힐걸. 낮에는 인건비로 벌고 밤에
는 젊은 여자를 안고 자니 그야말로 꿩 묵고 알 묵는 거 아
이겠나? 사람 팔자 시간문제라니까."

"혼자 일을 할 수 없으니까 그런 궁리가 나왔겠지. 그런
데 베트남 여자 몸에서는 노린내가 안 날까?"

"에그, 홀아비 냄새보다야 낫겠지."

"에미 애비가 누군지... 저렇게 늙은 놈한테 딸을 팔아
묵고..."

"그 나라 여자들은 한국으로 시집을 못 와서 눈이 벌겋
다던데? 우리도 그런 시절이 있었지. 일본에도 딸을 팔아
묵고 독일에도 보내고..."

"어허 이 사람아, 그것은 다른 문제지."

"다르기는 뭐가? 다 돈 때문에 생긴 일 아니겠나?"

그런 말받이가 위안부나 정치 문제로 번져서 저들끼리
티격태격 싸울 때도 있었다. 그러거나 말거나 강 씨는 신
경을 쓰지 않는 눈치였다. 우선 저들이 돈을 보태주러 오
는데다가 은근히 부러워하고 있다고 생각했다. 사실 국
제결혼 알선업체에 전화를 걸 때만 해도 염치가 없다는
마음이 많았다.

"고객님은 어느 나라 여자를 원하십니까?"

조선족에서부터 동남아, 우즈베키스탄은 물론이고 아프리카 여성까지 그야말로 마음대로 고르라고 했다. 이발소 일을 도와줄 사람이면 좋겠다고 하자 베트남 여자를 권했다.

"그 나라 여자들은 대체로 착하고 부지런해요. 마치 옛날 우리나라 여자들처럼요. 지금은 워낙 규제가 많아지고 서류 절차도 복잡해져서 스무 살 이상 차이가 나면 증명서가 나오지 않는 지역도 있지만 괜찮습니다. 우리 업체에서는 마흔 살 차이가 나는 결혼도 성사시킨 적이 있거든요. 다만 결혼식을 올리더라도 신부가 입국하기까지는 적어도 6개월 이상 걸립니다. 그동안 한국어를 배우면서 적응 훈련을 한다고 보면 됩니다. 법적인 문제는 우리가 대행해 드리니까 계약금을 보내면 우선 사진으로 선을 보게 해드리지요."

선을 본다는 말에 그는 자기도 모르게 흐흐흐 웃었다. 아내도 선을 보고 결혼했다. 그렇게 내조를 잘한 여자도 드물 거라고 강 씨는 후회했다. 진작 일을 그만두게 했거나 경제권을 주었거나 가끔 여행이라도 보내주었다면 절대 그런 일을 벌이지 않았을 여자였다. 하지만 그 어떤 조건을 제시하고 빌어도 아내의 고집을 꺾을 수 없었다.

"좋다. 내가 사나이답게 도장을 찍어 준다. 그런데 하나만 물어보자. 나와 헤어진 뒤에 어떻게 살겠다고 이 난리를 피우는 거야?"

"걱정 마소. 나는 죽기 전에 텔레비전에 나오는 외국 나라를 전부 다 가볼 거니까."

"뭐라고? 제정신이 아니구먼. 혼자서 어딜 가겠다고?"

그렇게 말을 하면서 강 씨는 찔끔했었다. 제주도 여행도 가본 적이 없는 아내였다. 그는 텔레비전이 여자들의 가슴에 몹쓸 바람을 불어넣는다고 분개했다. 하지만 어찌보면 피차 잘된 일인지도 몰랐다. 일 년 남짓한 시간에 상상조차 하지 못했던 일들이 일어났고 지금도 그 연장선상에 있기 때문이었다.

호치민으로 가는 비행기에 몸을 실을 때만 해도 강 씨는 불안하기 짝이 없었다. 하지만 지금은 과거로 되돌아가고 싶은 마음이 조금도 없었다. 여자도 잘 고른 것 같고 무엇보다 느닷없이 뒤통수를 친 아내와 제 어미를 두둔하고 나섰던 자식들에게 이보다 더 좋은 복수가 없었다. 가끔 아내가 젊은 남자를 꿰차고 희희낙락하는 모습을 상상하면 피가 거꾸로 솟을 때도 있지만 지금은 그런 억하심정도 많이 사라졌다.

강 씨는 직동 마을에서 온 영감의 머리카락을 자르면서 슬쩍 눈치를 살폈다. 대부분 소갈머리가 없거나 민둥산이 되어버린 그 또래에 비해 그런대로 만질 것이 남아있는 편이었다. 들은 말로는 처음 마을에 들어올 때부터 개를 사육했기 때문에 동네에서 개집이라는 별호로 통한다고 했다. 이 개집 영감은 오늘도 타이풍의 면도를 거절할 것인지 심경에 어떤 변화가 생겼을지 궁금했다.

"처음 들어와서 키우던 개가 모두 소로 바뀌었으니 한마디로 귀농에 성공한 셈이지. 지금은 논이 열댓 마지기나 되는 데다가 과수원 땅값만 해도 엔간한 도시 부자들 뺨을 칠걸. 하지만 부자면 뭐하노? 여자나 남자나 자기 입에 들어가는 것도 아까워서 벌벌 떠는걸. 특히 영감은 꽁지 없는 소나 마찬가지 신세지. 일밖에 모르니까."

자기들은 사람 도리 잘하는 듯이 말하지만 하나같이 오십 보 백 보인 사람들이었다. 타이풍에게 팁 한 푼 주는 사람을 보지 못했으니까. 그나저나 개집 영감은 왜 서비스를 받지 않겠다는 것일까? 젊은 여자의 손길에 추잡을 떠는 노인들에 비하면 차라리 편한 고객인지도 모를 일이었다. 머리를 자른 뒤 타이풍이 비누통과 면도칼을 들고 다가오자 예상했던 대로 그는 손사래를 치면서 엉거주춤

자리에서 일어났다.

"나는 집에 있는 면도기가 편해서…"

타이풍이 면도칼을 내려놓고 세면기 쪽으로 가며 말했다.

"사장님. 이쪽으로 오세요."

세면대로 간 상만 씨는 의자가 젖혀지는 바람에 반쯤 누워버린 자세가 되었다. 타이풍이 샤워기로 물을 살살 뿌려가며 손가락으로 머리를 감기기 시작하자 상만 씨는 고문이라도 받는 사람처럼 얼굴을 찡그렸다.

평생 베트남 사람들을 볼 일이 없을 거라고 생각했는데 지금 읍내에는 그 나라에서 몰려온 남녀 노동자들을 심심찮게 볼 수 있었다. 그가 사는 직동 마을에도 베트남에서 시집온 여자가 있다는 소문을 들었지만 얼굴을 본 적은 없었다. 그는 드라이기를 들고 다가오는 타이풍에게 두 손을 내저으며 황급히 자리를 떴다.

"하필이면 베트남 여자라니…"

70년대 초 상만 씨는 전투병으로 참전하여 베트콩의 근거지를 찾아 파괴하는 일을 했다. 그 과정에서 주민들을 많이 죽였지만 죄책감 따위를 느낄 겨를이 없었다. 베트콩들이 밀림을 이용하여 게릴라전을 펼치는 바람에 골머리를 앓던 미군이 숨을 곳이 없앤다고 고엽제를 살포했다. 그 바람에 한국에는 약 15만여 명의 참전 용사들이 후유증을 앓고 있지만 상만 씨는 용케도 그런 불운은 피해갔다.

그는 지금도 기억하고 있다. 야간 이동 중에 부락을 만났고 주민들이 음식이 담긴 바구니를 갖고 왔다. 음식을 나눠 먹기 위해 자리에 둘러앉았는데 순간 바구니 속에 숨겨놓은 폭탄이 터졌다. 오줌을 누기 위해 잠시 자리를 떴던 그는 팔다리가 떨어져 나가고 피투성이가 되어 죽어가는 동료들을 보았다. 그때부터 베트콩 색출하러 나가면 협조하지 않는 마을 사람들부터 우선적으로 사살했다. 적을 죽이지 않으면 자신이 죽을 수밖에 없는 이역만리 전쟁터였다.

"깨끗하게 죽이고 깨끗하게 불태우고 깨끗하게 파괴한다."

는 수색 소탕 작전의 구호에 따라 그는 충실하게 일했으며 그것이 용기고 능력이라 믿었다. 적이 숨어있을 만한 마을로 들어가 색출작업을 벌이다가 산 자와 죽은 자를 한 공간에 몰아넣고 불을 지르기도 했다. 보이지 않는 적을 상대로 싸우면서 생기는 불안감은 여자들을 능욕하는 것으로 풀었고 그 대가는 빛나는 훈장이 되어 돌아왔다.

전쟁이 끝나고 그는 살아서 돌아왔다. 그리고 펜팔로 사귀던 복자 씨와 일 년 정도 연애 끝에 결혼식을 올렸다. 하지만 한동안 잠자리를 같이할 수가 없었다. 관계를 가질 때면 비명을 지르거나 얼굴을 할퀴며 반항하던 여자들이 떠올랐던 것이다. 뒤늦게 아이들이 태어났다. 상만 씨는 딸의 기저귀를 갈아주면서 처음으로 여자의 생식기를 보았다. 그리고 서슴없이 강간을 하고 잔혹하게 살해했던 순간들이 영화의 한 장면처럼 나타나는 바람에 진저리를 쳤다. 매달 쥐꼬리만큼 들어오는 연금은 그것이 꿈이 아니라 실제로 저지른 일이었다고 확인시켜주었다. 통장을 아내에게 맡기고 벽에 걸어둔 훈장을 떼도 그 기억은 사라지지 않았다.

월남 참전용사 모임에 나간 것은 시골로 온 뒤부터였다. 자신의 행동을 정당화시키려 해도 지옥과 다름없던 전쟁터가 꿈으로 연결되는 바람에 잠을 이루지 못했다. 베트남은 강대국과 싸워서 한 번도 패한 적이 없는 나라였다. 민간인들이 무기를 들고 스스로 베트콩이 되니 당연한 일인지도 몰랐다. 그는 미국이 전쟁에서 패한 이유는 베트남 국민들의 반발심이 가세했기 때문이라는 말을 인정하기로 했다.

도시에서 세탁소를 운영하던 상만 씨는 늘 귀농을 생각했다. 농사를 짓던 큰 형님이 돌아가신 뒤 묵정밭이 되어 있는 고향 땅을 염두에 두고 있었던 것이다. 마을 끝 산 중턱이라 거들떠보는 사람이 없어서인지 형수와 조카들은 적은 돈에도 순순히 명의를 이전해주었다. 아내가 도시에서 옷 수선을 계속하며 세 아이를 돌보는 동안 그는 손수 축사를 지어 개를 사육하기 시작했다. 읍내 식당들을 돌면서 부지런히 짬밥을 거두어 먹이니 여름 한 철 큰 돈을 만질 수 있었고 소작으로 나오는 쌀은 다섯 식구가 먹고도 남았다. 겨울에는 막노동을 하거나 인근 동네를 상대로 품을 팔았다. 아내는 시력이 나빠져서 더 이상 수선 일을 할 수 없게 되자 자식들에게 투 룸을 마련해 준 뒤에 시골로 올라왔다. 그 바람에 컨테이너에서 기거하던 상만 씨는 십여 년 만에 집의 모양을 가진 공간에서 생활을 하게 되었다. 아내는 밭에서 나오는 푸성귀로 돈을 만들더니 상추와 깻잎 등을 재배하여 몇몇 식당에 공급했다. 채소 농사를 접은 것은 과수원 땅을 구입하여 축사를 짓고 배나무를 심으면서부터였다. 여러 곳에서 수입이 생기니 집은 금방 지을 수 있었지만 그만큼 일이 많고 몸이 고달팠다.

상만 씨가 다시 악몽을 꾸기 시작한 것은 이발소에서 타이풍을 만난 날 밤부터였다. 꿈속에서 그는 늘 피해자가 되었고 숨이 넘어갈 정도의 고통 속에서 깨어나기 일쑤였다. 어떤 때는 강제로 관계를 하던 여자가 얼굴을 할퀴기도 하고 행위를 하는 것을 명희가 보고 있는 바람에 기겁을 할 때도 있었다. 그런 꿈을 꾸고 난 다음 날이면 별것 아닌 일에도 버럭버럭 소리를 질렀다. 경자 씨는 그보다 더 언성을 높이면서 대들거나 한심하다는 듯이 코웃음을 쳤다.

춘분 무렵부터 터지기 시작한 꽃눈이 4월에 들어서자 꽃을 활짝 피웠다. 수분 작업을 끝내야 하는 경자 씨는 마음이 바빴다. 갈수록 꽃 피는 시기가 당겨지고 작업 방법도 달라지니 정신없이 따라가는 기분이었다. 상만 씨 또한 잡초를 베어내고 농약을 살포하느라 눈코 뜰 새가 없었다. 이때는 논을 갈고 물을 잡아야 하는 데다가 모판작업까지 겹치니 몸이 몇 개가 있어도 모자랄 지경이었다. 대부분의 집에서는 모가 사름을 할 때쯤이면 한숨을 돌리지만 배 농사가 있는 집은 문제가 달랐다. 수분 작업만 해도 지금까지 폭폭이나 전자 화분 교배기를 이용했는데 올해는 러브터치로 바꾸었다. 오리의 가슴 털로 만든 봉으로 튼튼한 암꽃에 꽃가루를 발라주어야 열매가 달리는 셈이었다. 꽃가루도 중국산을 경자 씨가 사용하다가 착과율이 떨어져서 몇 년 전부터 직접 만들어 쓰니 그 일도 만만찮았다.

금촌추 나무에 달린 배꽃의 수술을 따내어 꽃가루를 인공 개약기로 발아시키는 것도 꽤 정성을 쏟아야 하는 일이었다. 이런 중요한 작업을 할 때는 인건비를 줄이기 위해 자식들까지 올라와서 힘을 보태니 집안 잔치가 따로 없었다. 6월 중순 열매가 어른 주먹만 해지자 농약과 까치 떼로부터 보호하기 위한 봉지 작업이 시작되었다. 이 일까지 마무리하면 비로소 허리를 펴고 보양식을 만들어 먹을 생각을 했다.

"닭은 아무래도 암닭이 연하고 맛이 있지."

수분 작업을 할 때 잡았던 장닭은 힘이 세서 애를 먹었다. 시장에 들고 가면 기계로 털을 뽑아서 장만해 주는 집이 있지만 돈이 들어가는 일이다. 동네 사람들로부터 닭을 수월하게 잡는 방법을 배운 것은 잘한 것 같다. 단단한 플라스틱 소쿠리에 닭을 가두고 대가리가 밖으로 나오도록 조준한 뒤 힘주어 밟으니 닭이 꼼짝을 못했다. 그때를 놓치지 않고 단숨에 식칼로 내려치니 작업은 간단하게 끝났다. 소나 돼지나 닭이나 하다못해 작은 생선이라도 핏물을 충분히 빼야 깔끔한 맛이 나는 법이다. 펄펄 끓는 물보다 70도 정도의 온도가 적당하다는 것은 스스로 터득했다. 지난번 닭을 잡을 때 일을 도와주러 온 며느리가 기겁을 하고 도망을 가기에 핀잔을 주었다.

"치킨은 잘도 먹더니 뭔 호들갑이냐?"

하면서 시중에서 파는 닭보다 얼마나 영양가가 충분한지 아는 대로 설명을 했다. 그런데 아들 말로는 그날 이후 며느리가 닭고기를 먹지 않는다고 했다.

봉지 싸는 작업이 끝나고 한시름을 놓고 있는데 동네에서 관광을 간다는 소문이 들렸다. 모처럼 경자 씨의 마음이 설렜다. 그런데 매년 공짜로 갔는데 회비를 거둔다는 말에 반장과 한바탕 입씨름을 한 터였다.

"서너 푼 남아 있는 동네 돈을 쓸 수도 없고 그렇다고 관광을 건너뛰는 것도 섭섭해서 이만 원씩 내자고 의논한 건데 너무 유별나게 굴지 마소. 찬조금을 내는 사람도 있는데… 아닌 말로 할 말이 있으면 반상회 할 때 나오던지 돈이 아까우면 안 가면 될 것이고…"

"말에 어폐가 많네. 와, 우리가 빠지면 신나는 사람이 있는 모양이제?"

"됐소. 억지소리 그만하고 회비나 내소."

몇 년 동안 맡아보던 반장 일을 넘겨준 뒤로 경자 씨의 심사가 많이 뒤틀려 있는 마당이었다. 일은 많아도 따로 득 보는 것이 있어서 장기집권을 꿈꾸고 있었는데 뒤통수를 맞은 셈이었다. 사람 마음이 참 묘해서 반장 일을 할 때는 매일 지청구가 나오더니 장부를 넘겨주는 순간 대통령 자리라도 내놓는 기분이었다. 새 반장 말에 열 받을 필요는 없겠지만 돈을 찾으러 나가는 일이 번거롭고 싫었다. 하지만 남편이 부쩍 어깃장을 부리고 있으니 기분을 전환하기 위해서라도 관광을 가는 것이 좋을 것 같았다.

그날 밤 경자 씨는 남편이 제초작업을 하고 들어와 몸을 씻는 사이에 외출복을 뒤져서 지갑을 열어보았다. 돈 쓸 일이 생길 때마다 한 번씩 하던 일이었다. 지갑 속 사정을 손바닥처럼 알고 있는 경자 씨의 얼굴이 굳어졌다. 만 원짜리 세 장이 달랑 들어 있으니 딱 십만 원이 비었다. 트럭에 기름을 넣거나 이발하는 일 외에는 돈 쓸 일이 없다고 생각한 경자 씨가 상만 씨를 득달같이 추궁하니

"남자 주머니 뒤지는 것은 어디서 배운 버릇이고?"

맞받아치는 것이 적반하장이 따로 없었다.

"어디에 썼기에 말을 못 하노? 내가 알면 안 되는 일이라도 있나?"

상만 씨는 막막한 심정이었다. 어디서 들었는지 아내는 개고기를 먹으면 명희에게 좋지 않다고 엄포를 놓았다. 하지만 떨어진 체력을 보충하는 데 그만한 음식도 없는 것 같았다. 몇몇 이웃 사람들은 복날이면 추렴을 해서 개를 잡았다. 그것은 닭을 길러서 계란을 얻어먹거나 백숙을 해먹는 것처럼 자연스러운 일이었다. 혼자 살 때는 적당한 놈을 골라 한 마리씩 내놓았는데 개 사육을 그만둔 뒤로는 얻어먹기만 했으니 한 번쯤 돈을 보태려고 하던 중이었다. 며칠 전 못자리 작업을 마친 반장 집에서 오랜만에 솥을 걸었고 탕과 수육을 안주로 술도 몇 순배 돌았다. 상만 씨는 호기롭게 지갑을 꺼내 귀가 닳은 만 원짜리 열 장을 내놓았다. 면전에서 말하는 사람은 없지만 뒤꼭지가 가려울 때가 많았던 판이라 속이 뻥 뚫리는 기분이었다. 경자 씨는 온갖 애먼 소리로 다그친 끝에 결국 비자금의 경로를 알아내고 가슴을 쳤다.

"아이고, 속이 터져 못 살겠네. 내가 죽고 없어져야 정신을 차리지."

"그냥 보약 먹는 셈 치고…"

"내가 그 짐승은 먹지 말라고 그만큼 말했는데 십만 원 씩이나 쓰고…"

상만 씨도 마주 소리를 질렀다.

"남자를 십만 원도 못 쓰는 찌질이로 만들어야 니 속이 시원하겠나? 보자 보자 하니 걸핏하면 협박질이나 해대고, 이러다가는 내가 먼저 죽어 나가겠다."

그러면서도 며칠 뒤 관광을 다녀오면 유야무야 넘어갈 일이라 여겼다. 소주 한 병 나발을 불고 그대로 쓰러져 잠이 든 상만 씨는 새벽에 아내의 상태가 심상찮은 것을 알고 급히 아들을 불렀다. 아들보다 구급차가 먼저 와서 응급실로 싣고 갔지만 혈압은 계속 떨어지고 있었다. 그리고 다음 날 경자 씨는 말 한마디 없이 세상을 떠나고 말았다. 동네 사람들은

"아이고, 칠십이 한참 멀었는데 나이가 아까워서 어찌 할꼬?"

하며 눈시울을 붉혔고 보양식을 함께 먹었던 사람들은 죄인 아닌 죄인이 되고 말았다. 상만 씨는 악몽을 꾸고 있다고 생각했다. 최악의 악몽이었다. 누군가가 잠을 깨워 주기를 바랐지만 현실이 꿈같고 꿈이 현실 같은 상태가 계속되었다.

마을 사람들은

"아이고, 죽은 사람만 불쌍하지 산 사람이야 어떻게든 살게 되어 있는걸..."

하며 말문을 흐렸다. 남의 말을 하기 좋아하는 사람들은 잔소리하던 마누라가 사라졌으니 자유가 찾아왔다고 했고 불편한 것이 더 많을 거라고 말하는 사람도 있었다.

가을이 되자 경자 씨가 애 터지게 수분 작업을 하고 봉지로 쌌던 배는 보기 드물게 풍작을 이루었다. 자식들이 나서서 그 배를 수확했고 선별 작업을 한 뒤에 공판장으로 싣고 갔다. 가을이 깊어지자 상만 씨는 혼자서 추수를 했다. 혼자서 밥을 먹고 혼자서 잠을 자고 혼자서 말을 하고 혼자서 울었다. 그러는 사이에 겨울이 왔다. 그는 사람이란 어떤 상황에서도 밥을 찾아 먹는다는 사실을 알았다. 젊은 날 그 전쟁터에서 참혹하게 사람을 죽이고 불태우고 능욕을 한 뒤에도 음식을 먹었다. 그는 그런 기억들을 몰아내기 위해서라도 밥을 먹어야 한다고 몸부림쳤다.

겨울이 오고 한가해지자 불현듯 잊고 있던 딸의 얼굴이 떠올랐다. 아들에게 물어 한 번도 가 본 적이 없는 병원으로 면회를 갔다.

"애야, 아빠랑 집으로 가자."

아이는 고개를 가로저었다. 모르겠다는 것인지 오지 않겠다는 것인지 알 수 없었지만 그는 채근하지 않았다. 겨울 동안 그는 소의 마릿수를 줄여나갔다. 한 마리씩 팔 때마다 그의 이름으로 된 통장으로 목돈이 들어왔다. 사람들은 버는 사람과 쓰는 사람이 따로 있다면서 혀를 찼고 어떤 이는 화장실에 가서 몰래 웃을 일이라고 부러워했다.

사람살이에는 아무 관심이 없다는 듯이 겨울이 지나가고 봄이 왔다. 그는 여전히 눈을 뜨면 축사에 나갔고 닭을 돌보았으며 계란을 모아서 나왔다. 하지만 배밭에는 거름을 내지 않았고 가지치기도 하지 않았다.

어느 날 아침, 낙숫물 소리에 잠에서 깬 상만 씨의 눈앞에 청춘이발소 강 씨와 타이풍의 모습이 나타났다. 그는 갑자기 할 일이 생각난 사람처럼 벌떡 일어나 앉았다. 그리고 오늘은 이발소에 가야겠다고 생각했다. 겨우내 깎지 않은 머리카락을 쓸어 올리며 타이풍에게 면도를 맡기고 팁도 한 푼 주어야겠다고 다짐했다. 아침밥을 챙겨 먹고 밖으로 나온 상만 씨는 트럭 쪽으로 가다가 문득 걸음을 멈추었다. 물기를 머금은 배나무를 바라보던 그는 뭔가 결심한 듯 헛간 쪽으로 발길을 돌렸다.

조금 뒤 밖으로 나온 그의 손에 무거운 엔진 톱이 들려 있었다. 상만 씨는 배밭으로 들어가 스위치를 넣고 나무 둥치를 자르기 시작했다. 소음과 소문을 따라 사람들이 하나둘 배밭으로 모여들었다.

"아이고. 이 일을 어쩌나. 아까운 배나무가 저리되네."

"그렇키. 사람이 가니 저 큰 배밭도 따라가네."

비를 맞으며 나무를 베던 상만 씨가 잠시 허리를 폈다. 동네 사람들은 그의 두 눈이 벌겋게 물들어 있는 것을 보았다. 어떤 사람들은 울어서 그렇다고 했고 어떤 이들은 제정신이 아닌 것 같다면서 걱정을 했다.

배밭은 며칠 사이에 전쟁터처럼 폐허가 되고 말았다. 어지럽게 드러누운 배나무들이 여기저기 시신처럼 엉켜 있었다. 며칠 뒤 가지에 달렸던 꽃봉오리가 하나둘 피기 시작했다. 봄날은 아무 일도 없었다는 듯이 무심하게 흘러가고 있었다.

해설

정재훈
2018년 〈세계일보〉 신춘문예 문학평론 부문 당선

낡고 허름한 것들, 그 아름다움에 대하여

더 많이 보는 기분이 드는 건

선조의 시각도 섞이고 포개져 자욱해지기 때문이겠지요

곱다고도 수상하다고도 이상하다고도

할 수 있는 꽃의 색

흩날리는 벚나무 아래를 한적히 걸으면

한순간

명승처럼 깨닫게 됩니다

죽음이야말로 정상 상태

생은 사랑스러운 신기루라고

- 이바라기 노리코, 『벚꽃』¹ 부분

「오래된 불씨」에 대한 감상을 한마디로 정의하라고 한다면, '아름답다' 라고 말하고 싶다. 아름다움에 관한 기준은 다양하겠으나, 우리는 이따금 황혼을, 혹은 낡고 허

---

1   이바라기 노리코, 윤수연 역, 『이바라기 노리코 시집』, 스타북스, 2019, 32~33쪽.

름한 물건들을 보면서 무언가 아름답다고 느끼기도 한다. 표제작인 「오래된 불씨」를 비롯해 총 7편의 소설들은 얼핏 보면 평범하고 남루한 것들도 다른 시각으로 본다면 충분히 아름다울 수 있다는 점을 보여준다. 범박하게 말하자면, 사람의 인생에서도 황혼이자, 낡고 허름한 시기가 있다. 흔히 '중년', 아니면 '노년'이라고 일컬어지는 이 시기에도 젊은 세대들이 바라보지 못하는 아름다움이 있는 것이다. 고금란 소설집에서도 「안개 잦은 지역」을 제외하면 중년 이상의 주인공들이 등장한다. 이것은 왜 그럴까 생각하다 보면 어느덧 그 풍경에 저절로 익숙해질 수밖에 없을 것이다. 어쩌면 그 시절의 열정과 꿈, 아직도 희미하게 남은 온기가 그 풍경들 어느 한구석에 배어있기 때문인지도 모르겠다.

필자는 고금란 소설가에 비하면 한참은 젊은 세대에 속한다. 소설 원고를 읽어가면서 문득, 나의 부모 세대를 떠올리기도 하였다. 그러면서 자연스럽게 지금 시대가 바라보는 중년, 혹은 노년에 대해서도 생각해봤다. 갈수록 노령화로 진입하고 있다는 목소리와는 별개로 지금 이 시대는 그들을 어떻게 바라보고 있는가. 조금씩 관점이 바뀌고는 있지만 여전히 '늙음'에 대한 시각은 부정적일 때가 많다. '늙음'은 소위 젊은 세대들에 의해 소비되는 '레트로' 문화와는 철저히 다르다. 그들에게 '늙음'이란 부정적일 수밖에 없을 것이다. 왜냐하면 거기에는 일종의 소비될 수 있을 만한 어떤 매력적인 이미지가 당장에 보이지는 않기 때문이다. 젊은 세대들은 이제 늙어버린 저 세대가 지금까지 살아온 인생과 그 나름의 깨달음이 무엇이었는지 궁금해하지 않는다. 고금란의 이번 소설집에는 '그 시절'의 흔적들이 담겨 있다. 필자는 개인적으로 젊은 세대들에게 그 흔적들을 일독해보기를 권하고 싶다.

파스칼 키냐르는 『옛날에 대하여』에서 클로드 르 로랭의 회화를 언급하면서 이렇게 말했다. "예술작품들의 주변에는 제작 시기를 초월하여 스스로 사유하고 우리로 하여금 자신들을 느끼게 만드는, 동시대가 아니거나 시대와 무관한, 무엇이 떠돌고 있다. (중략) 그것은 순수한 새것으로 피어나는 유일한 개화이다."[2] 이 구절을 보면서 다시금 누군가의 '불씨'를 떠올려봤다. 시대를 초월하는 그 무언가는 과연 무엇일까. 인간으로서 생을 살아가고, 마주하고, 부딪히며 생기는 불꽃이지 않을까. 거기에는 시대

---

2   파스칼 키냐르, 송의경 역, 『옛날에 대하여』, 문학과지성사, 2010, 146쪽.

를 초월한 어떤 공통점을 내포하고 있다. 사랑하고, 미워하고, 아파하는 등의 감정적 스파크는 어느 시대를 막론하고 있어왔으며, 그것들이 수놓은 장면들 하나하나에는 인간이라는 유일무이한 존재를 설명할 수 있는 한 송이의 꽃이 피어 있다. 낡고 허름한 것에서부터 피어난 꽃의 향기처럼, 문학을 비롯한 예술작품은 그렇게 인간을 설명해온 것인지도 모른다.

사설이 좀 길었다. 그럼 본격적으로 소설집의 표제작부터 살펴보기로 하자. 「오래된 불씨」는 표제작인 동시에, 나머지 소설들을 이끄는 일종의 키워드이다. "반천 댁"과 "너실 댁"이라는 노년의 두 여인이 등장한다. 시골을 돌면서 물건을 파는 "가설극장"을 주요 무대로 삼아, 두 여인의 내면을 전개하고 있는 것이 이 소설의 특징이다. 처음에는 반천 댁을 중심으로 서사가 전개되는 듯하다가, 이후에는 점차 너실 댁의 내면으로 초점이 옮겨지는 것을 알 수가 있다. 소설을 다 읽고 나면, 우리는 이 '불씨'를 품은 주인공이 바로 너실 댁임을 알게 된다. "살다 보면 한 번쯤은 좋은 날도 올 것이라고 믿는다"라는 저 소망은 어쩌면 누구에게나 있는 소박한 것이 아닐까. 하지만 저 소망의 크기를 보라. 얼마나 작고 연약한가. 젊은 시절에 품었던 그 "열정"과 꿈이 그동안 살면서 현실의 제약에 의해 지독하게 짓눌렸을 것이다. 이제는 고작해야 '불씨'처럼 희미하게 보였으리라.

몸을 살살 흔들며 열아홉 순정을 노래하는 너실 댁은 영락없는 열아홉 살 처녀 복자다. 객석에서 복자를 바라보는 사람들 또한 자기의 열아홉 살을 떠올리며 입을 모은다. 너실 댁의 변신은 사그라져가는 그들의 열정에 기름을 붓고 불을 지핀다. 찔레꽃과 낭랑 십팔 세에 이어 홍콩 아가씨로 넘어가는 색소폰과 그의 밴드들로 정말 오랜만에 신바람이 났다.

(중략)

"아이고 저년 봐라, 가슴속에 이미자가 들어앉아 있었네. 저런 불씨를 안고 그동안 어찌 살았을꼬? 욕봤네, 욕봤어."

제 설움에 겨운 반천 댁의 눈시울이 젖어 들기 시작한다.

-「오래된 불씨」 중에서

하지만 그 불씨도 결국 살아나 다시금 활활 불탈 수 있는 법이다. 독자도 「오래된 불씨」의 말미에서 너실 댁의 불씨, 즉 "열아홉 살 처녀 복자"를 만났을 것이다. 소설에서 말하는 그녀의 "변신"은 관객들의 '열정'에도 "기름을 붓고, 불을 지핀다." 하지만 필자는 이것을 단순히 '변신' 이라고 보고 싶지 않다. 이것은 어쩌면 변신이 아니라, 다시 그때로 돌아간 것일 뿐이다. 소설은 결국 어느 한 인간에 대한 이야기이다. 그리고 독자는 그 이야기를 따라 한 인간을 만나는 것이다. 이런 원론적인 입장에서 볼 때, 「오래된 불씨」는 정석을 따르고 있다고 봐야 한다. 숨어 있던 불씨가 예술적 혼을 이끌 듯이 가슴속에 있던 열정이 다시 피어오른다. 소설 초반에 약간은 익명성도 있어 보였던 '너실 댁'이 벗겨지고 '복자' 라는 이름이 다시 새롭게 피어나는 것으로써 독자인 우리는 이처럼 한 송이의 꽃처럼 피어나는 인간의 아름다움을 비로소 마주하게 된다.

「꽃병을 든 남자」도 앞서 표제작처럼 어떤 '불씨'가 숨겨져 있음을 볼 수 있다. 이를테면 "어느 순간 의식 깊숙이 침잠하면서 어둠 속에서 웅크리고 앉아 있는 작은 아이"가 그 대표적인 불씨일 것이다. 필자는 이 "어둠"에 더 시선을 집중하고 싶다. 시든, 소설이든 간에 어떤 작품에서 '어둠'을 가리킬 때는 그 맥락을 주의 깊게 살펴보게 된다. 어둠은 눈(目)보다는 목소리가 지배하는 공간이며, 내면의 가장 깊은 곳을 형상화하는 장치로써 많이 쓰인다. 특히, 알랭 바디우가 쓴 『검은색』에서 볼 수 있듯이 유년 시절과 어둠의 접합은 성인이 되어서도 잊히지 않는 강력한 심상을 불러일으킨다. 그렇기 때문에 「꽃병을 든 남자」에서 주인공인 여성이 떠올린 '작은 아이', 즉, 자기 자신의 유년기의 잔상은 이 여성이 지니고 있는 내면의 어떤 지점을 희미하게 드러내는 것이라고 봐야 할 것이다. 이는 마치 '불꽃'처럼 주인공의 감정을 지피는 원재료에 가깝다.

하지만 이것만은 꼭 짚고 넘어가고 싶다. 왜 "가미카제"인가? 그리고 왜 소설 속 인물은 "자살 특공대로 차출된 젊은이들이 출격하기 전날 밤 마지막으로 마신 술잔"을 찬미하는가? 이것이 궁금했다. 일제 강점기를 미화시켰다느니, 소설가의 역사의식이 잘못되었다는 등으로 말하려는 것이 아니다. 소설가의 의도에 따라 어떠한 역사적 배경이더라도 배치될 수 있다. 좀 더 소설의 내적 분위기에 맞는 것을 배치했으면 하는 아쉬움이 클 수밖에 없었다. 필자는 개인적으로 '가미카제'라는 그 특유의 이미지가 주인공과 인물들의 감정과 어울린다고 보지는 않았다. 이렇게 오해를 불러일으킬 수 있는 소재보다는 비슷한 시대에 활동했던 '이바라기 노리코'의 시가 자연스럽게 떠오른 것은 그저 개인적인 감상에 불과한 것일까, 라는 생각도 해보게 된다. 그리고 인물들이 말한 '미소라 히바리' 라는 당시 대중적인 가수가 "재일 교포 출신"이라는 것도 확실하게 밝혀진 바가 없다.

다소 아쉬운 부분을 지나쳐서, 다음 작품인 「안개 잦은 지역」에 들어가 보자. 이 작품의 주인공은 다른 소설들에서 등장하는 인물보다 한참은 어린 소년이다. 앞서 「꽃병을 든 남자」에서 스치듯 드러났던 '작은 아이'와 비슷한 또래인 듯 보인다. 이 소년은 가정 폭력에 시달렸었고, 엄마와 함께 외삼촌 집에 얹혀살고 있다가 가출을 한 상태이다. 작가는 이 소년의 내면 깊은 곳에 있는 소망, 즉 "예전처럼 우리 가족이 행복하게" 살고 싶다는 불씨를 독자들에게 보여주고 있다. 비록 폭력을 썼던 아버지더라도 소년에게는 "술과 담배와 땀이 어울려 내던 아버지 냄새" 가 그리운 모양이다. 작가는 이렇게 소년의 내면을 전개함으로써 독자들의 고정 관념을 비틀고자 했을 것이다. 계속해서 소년의 추억으로 등장하는 아버지와의 감정적 접촉이 촉각, 냄새 등으로 제시된다는 점도 이를 뒷받침한다.

이 작품에서 흥미로운 점을 꼽자면, 일종의 착시효과를 응용했다는 점인데 이는 바로 소설 처음 부분에서 소년이 얼핏 보았던 "개 짖는 지역 1km"가 말미에 가서는 "안개 잦은 지역 1km"였다는 사실이다. 소년은 그 표지판을 보면서 "잦다는 말이 무슨 뜻인지 몰라서 고개를 갸웃거렸"다고 하지만, 어쩌면 소년이 홀리듯 보았을 저 '안개'는 앞으로의 미래를 암시하고 있는 것은 아닐까. 그리고 이 '안개'는 소년을 감싸고 있는 잘못된 편견을 가리키는 것은 아닐까. 이렇듯 소년을 둘러싼 어른들의 위선과 편견은 "외숙모"를 통해 보다 직접적으로 드러난다. "주여, 이 어린 양을 구해주소서, 착한 아이가 되게 인도하소서" 라는 외숙모의 간절한 기도가 결국에는 "애가 갈수록 제 아버지를 닮는 거 같아, 밥 먹는 거, 웃는 것, 심지어 걸음을 걷는 것까지도 제 아버지 판박이야" 라는 식의 민낯을 가리고 있었던 '안개'이지는 않았을까.

소년의 감춰진 연약함을 뒤로 한 채, 다음 작품인 「두껍아 두껍아」를 읽어보면 이익에 눈먼 개발의 현장 한가운데에서 꿋꿋하게 서 있는 원시적인 이미지를 마주하게 된다. "상계봉"으로 올라가는 등산로 초입에 있는 "좌천 슈퍼"의 안주인인 "도 여사"는 마치 신령한 산을 지키는 여장부의 이미지를 떠올리게 한다. 그녀는 상계봉을 향해 절을 올리기도 하고, "모든 것이 다 금정산 신령님의 은덕"이라고도 말한다. 그리고 개발의 주체인 "토지주택공사"의 직원들에게 일갈을 날리기도 하고, 조금씩 쇠락해지는 마을 풍경을 볼 때는 무척이나 안타까워하기도 한다. 이익과 탐욕의 각축장이라 할 수 있는 재개발 현장에서 '도 여사'는 사라져가는 옛것을 지키는 사람이면서, 동시에 그 사라짐을 안타까워하는 증언자 역할을 맡는다. 이렇듯 소설에서는 산을 둘러싼 옛 신령한 기운이 여전히 신비로운 것으로 펼쳐진다.

> 해가 바뀌면 만덕동 사람들은 상계봉에 올라가 산신제를 지냈다. 동네 사람들이 무탈하기를 빌었고 그 끝으로 골목마다 풍물을 치고 지신을 밟는 놀이가 계속되었다. 그 북과 장고와 꽹과리와 징이 지금은 싸움의 수단에 사용되고 있는 셈이었다. 굿거리와 자진모리장단으로 넘어가자 잠시 숨을 고르고 있던 몇몇 사람들이 자리에서 일어나 어깨춤을 추기 시작했다. 그리고 휘모리장단이 몰아칠 때쯤이면 아득한 원시 시대, 큰 짐승을 잡아놓고 기쁨에 겨워 추었을 춤사위가 나왔다.
>
> -「두껍아 두껍아」중에서

물론 그렇고 하여 '도 여사'가 현실과는 완전히 동떨어진 인물로 그려지는 것은 아니다. 보상금을 받아도 지금과 같은 "이런 알짜배기 자리"를 구한다는 보장도 없으며, "얼마나 더 버틸 수 있을지 자신이 없다". 재개발을 앞둔 지역에서 살고 있는 이들이라면 누구나 공감할 수 있는 현실적인 문제라고 하겠다. 하지만 이런 그녀의 "한숨 소리"를 그나마 희석시킬 수 있는 유일한 즐거움은 바로 '춤'이다. 그녀가 보여주는 '춤을 추는 행위'는 그 자체로 인간의 생명성과 함께 원시적인 이미지를 강렬하게 드러낸다. 이 소설 말미에는 지금 시대를 살아가는 인간에 대한 의문이 제시된다. 독자인 우리 또한 그녀의 의문을 마주할 수밖에 없을 것이다. 과연 인간은 "언제부터 변질되기 시작했을까?" 라는 날카로운 질문(이것은 분명 작가의 목소리에서부터 나온 것일 테다)에 대한 정답은 앞으로 우리 스스로가 찾아내야 할 몫이지는 않을까.

다섯 번째 작품인 「영도다리 난간 위에」는 고향을 배경으로 애잔한 추억이 서려 있다. 주인공인 중년 남성이 한동안 잊고 있었던 "자갈치 시장" 풍경을 마주하면서 소설은 시작된다. 소설집에 실린 다른 작품에서도 그러하지만, 이렇듯 어떤 장소에 깃든 추억은 고금란의 작품 세계에서 볼 수 있는 대표적인 특징이다. 주인공은 소년 시절에 "병달이"라는 친구와의 추억을 떠올리고, 이런 그의 추억 속 여정은 자연스럽게 '병달이'의 누나인 "수자"에 당도하게 된다. 예전에 살던 동네를 돌면서 추억에 몸을 실은 그는 자신의 유년 시절에 함께했던 이들을 떠올리며 "모두들 반색을 하면서 뛰어나올 것 같다"는 착각에 빠진다. 독자들 입장에서는 부산이라는 도시가 생소하더라도, 인물이 지금까지 살아온 유년 시절을 통해 어떻게 우리나라가 아픈 역사를 극복하고 성장했는지 조금이나마 짐작할수도 있을 것이다. 그 역사를 몸소 보여줬던 이가 바로 '병달이'의 어머니인 "금천 댁"이니까 말이다.

이 작품에서도 앞서 「꽃병을 든 남자」처럼 짚고 넘어가야 할 부분이 보였다. 소설 초반에 주인공이 "고의로 부도를" 냈다는 부분이다. "매입처에서 타격을 받겠지만 나도 몇 차례 부도를 맞아본 적이 있으니 피장파장인 셈"이라는 주인공의 생각이 독자들에게 과연 어떻게 다가올지 모르겠다. 비록 열심히 살았고, "자립"을 했기에 재산을 모았다고는 하지만 이러한 주인공의 고의적 부도는 인물에 대한 윤리적인 신뢰에 손상을 입히기가 쉽다. 어느 독자든지 간에 소설을 읽을 때는 그 인물의 윤리적인 선함을 자연스럽게 찾게 되고, 이에 대해 공감하고 동조하고자

하기 때문이다. 그럼에도 이 인물을 가차 없이 함부로 깎아내릴 수도 없는 노릇이다. 연탄 사고로 형을 잃은 "그날 밤 연탄을 갈아 넣은 사람이 바로 나"였다는 죄책감은 주인공이 남들에게 선뜻 내보이지 못한 상처였으리라. 이렇듯 작가는 인물의 어느 단편만을 보여주지 않고, 상당히 입체적으로 제시하고 있음을 알 수 있다.

누가 알 것인가. 내 속에 이렇게 끈질긴 암세포들이 나날이 커지고 있다는 사실을, 어쩌면 문무관 수행에 들어가는 자체가 나는 특별하다는 또 하나의 암으로 작용할지도 모른다, 나라는 암, 나는 누구이다 라는 암, 내가 나를 안다는 암, 내가 나를 모른다는 암, 나는 옳고 너는 그르다는 암, 우리는 하나같이 그 암 때문에 고통받고 그 암 때문에 죽는다. 그러고 역설적이게도 그 암 덕분에 현실을 살아가고 있다. 살아서 들어온 삶의 문을 살아서 나가고 싶다는 이 간절함은 허상인가, 욕망인가, 문밖에 있는 자물통의 열쇠를 손에 쥐고 문 안에 앉아있는 나는 정녕 누구인가? 어디서 와서 어디로 가고 있으며 어이해 와서 어이해 죽어갈 것인가, 그리고 언제쯤 이 어리석은 질문들에서 자유로워질 수 있을까?

—「무문관(無門關)」 중에서

그다음 소설인 「무문관」에서 가장 인상적인 대목을 꼽자면, 위의 인용한 부분이다. 다큐멘터리 영화로도 실제 상영했던 〈무문관〉을 소재로 한 이 소설에서 문(門)을 배경으로 한 종교적 성찰은 인생 자체에 대한 근본적인 물음과 맞닿으면서 희미한 빛을 자아낸다. 스님들이 직접 문을 걸어 잠그고 순전히 자기 자신과의 싸움에 접어든다는 일종의 고행이자, 고도로 위험한 과정이지만, 그럼에도 이것은 끊임없는 자아 성찰을 향한 인간의 순수한 욕망이라고 해석되어야 옳다. 작가도 소설 속 인물들의 내면을 전개하면서 동시에 이 영화의 장면들을 끼워 넣음으로써 독자인 우리에게 어떤 파문을 주려는 듯하다. 주인공인 여자의 남편인 '그'의 일과도 소설의 한 축을 이루고 있다. 이 부분을 읽으면서 영화 〈리버풀〉의 장면이 문득 떠오르기도 했었다. 선실 내부의 답답한 공기가 떠오르고, 웅웅거리는 선내 기관실의 소음도 들리는 듯했다.

이 소설에서 떠오른 것은 한 폭의 '고독'이었다. 남편이 느끼는 선내의 고독, 그리고 주인공인 여성이 마주하는 풍경 속에서도 어떤 고독함이 서려 있는 것 같았다. 앞에서 인용한 부분이 인상에 남았다는 것도 아마 그 때문이었을 것이다. "암"과 "앎"이 왜 서로 겹쳐 보이는지 모르겠지만, 결국 인간이라는 존재는 유한한 것임을 작가는 독자인 우리에게 말하고 싶었던 것이 아닐까. 놓을 수도 없고, 그렇다고 붙잡기만 하는 것도 어려운 이러한 인간의 삶은 충분히 "역설적"으로 다가온다. 우리는 어떤 질문을 스스로에게 던져야 하는 것일까. 필자는 생각해 봤다. "이 어리석은 질문들에서" 우리는 결코 "자유로워질" 수 없다고 말이다. 왜냐하면 그 질문들은 우리가 아직 살아있는 존재로서 온기를 품은 채 마주해야 할 가장 본질적인 문(問)이자, 이 지독한 세속을 벗어날 수 있는 문(門)이기 때문이다.

마지막으로 「배꽃」을 본다. 이 소설에서 주인공으로 등장하는 "상만"은 힘겨운 농사일을 하며 가정을 돌보는 가장이다. 자신의 아내인 "경자 씨"와 딸인 "명희"를 돌보고 있지만 상황은 그리 호의적이지는 않아 보인다. 농사꾼 마음대로 될 수가 없는 농사일처럼 그에게는 크고 작은 시련이 있었다. 특히, 딸 '명희'는 "조현병 2기"라는 진단을 받아서 상만의 마음이 시꺼멓게 타들어 가는 중이었다. 소설 초반을 넘어가면서 닭을 기르는 일, 배 농사의 과정이 상세히 묘사되어 있는데 무엇이든 원하는 결과(과실 등의 수확)를 얻기 위해서는 쉽지 않은 과정을 거쳐야

함을 느끼게 해준다. 어쨌든 이처럼 평화로운 농촌 마을에서 평범한 농사꾼으로 생활하는 "상만"이었으나, 그 일상에 감춰진 고통이 서서히 선명해지는 지점이 있었으니, 그것은 바로 그의 '월남전 참전'에 관한 기억이다.

> 70년대 초 상만 씨는 베트남 전쟁에 전투병으로 참전하여 베트콩의 근거지를 찾아 파괴하는 일을 했다. 그 과정에서 주민들을 많이 죽였지만 죄책감 따위를 느낄 겨를이 없었다. 베트콩들이 밀림을 이용하여 게릴라전을 펼치는 바람에 골머리를 앓던 미군이 숨을 곳이 없앤다고 고엽제를 살포했다. 그 바람에 한국에는 약 15만여 명의 참전 용사들이 후유증을 앓고 있지만 상만 씨는 용케도 그런 불운은 피해갔다.
>
> - 「배꽃」 중에서

필자는 위 대목을 보면서, 예전에 읽었던 『1968년 2월 12일』이 떠올랐다. 2월 12일은 베트남 퐁니·퐁넛에서 학살이 벌어진 날이다. 그 마을에서 한국군이 벌인 악행은 피해자의 증언과 함께 사진으로도 확인할 수가 있다. 당시 한국군의 만행을 증언하면서 우리를 '가해자'로서 바라보는 이들의 비참한 삶은 지금도 여전히 제대로 알려지지 않고 있다. 또 이와는 별개로 필자의 고모부도 월남전에 참전했다가 그때 맞은 고엽제의 후유증으로 인해서 결국 생을 달리하였다. 어쨌든 필자에게도 이러한 직·간접적인 경험이 있었기에 「배꽃」에서 드러난 '상만'의 고통이 남의 일처럼 보이지 않았던 것이다. "꿈속에서 그는 늘 피해자가 되었고 숨이 넘어갈 정도의 고통 속에서 깨어나기 일쑤"였다는 대목도 그러했다. 따라서 소설 말미에 "청춘 이발소"를 다시 찾기로 마음먹은 그가 베트남에서 온 "타이풍"에게 머리를 맡기고 팁까지 주겠다고 한 데에까지는 일말의 죄책감이 서려 있었을 것이 분명해 보인다.

고금란 소설집에 실린 일곱 편의 작품을 훑어보았다. 그간 평론가로서 시집, 소설집의 '해설'을 써왔지만, 이번 글처럼 순전히 일개 '독자'로서 쓴 것은 참으로 오랜만인 것 같다. 젊은 세대의 입장에서 기성세대가 걸어온 삶을 작품으로써 바라보고 있자니, 조금은 숙연한 마음 또한 들었던 것도 사실이었다. 필자는 이 글을 시작하면서 고금란 작가의 소설이 '아름답다' 라고 하였다. 이 부족한 해설을 여기까지 읽어나간 독자들 어느 누군가는, '그럼 과연 무엇이 아름답다는 것인가?' 라며 의문을 던질 수도 있을 것이다. 사실, 필자도 잘 모르겠다. 무엇이 아름다운 것인지. '아름다움'이라는 기준은 늘 변해왔다. 지금 시대의 관점에서 아름답다고 하는 것도 언젠가 시간이 지나면 바뀌게 될 것이다. 그럼에도 필자가 고금란의 소설이 아름답다고 한 이유는, 낡고 허름한 존재의 뒷모습을 보았기 때문이다. 사그라지고, 조금씩 무너질지라도 생은 여전히 남아 있기 때문에, 그리고 '인간다움'의 온기를 여전히 믿고 있기 때문에 아직 아름다운 것이라고 생각한다.

작가의 말

보이지 않는 전염성 병원체들에게 일상이 억류된 봄이었다. 나도는 마음을 다잡아 집에 가만히 있는 것이 남을 도우는 일이 되는 이상한 봄이었다.

사람으로 거듭나기 위해 동굴 속에서 백일을 버틴 웅녀처럼 봄을 보냈다. 내 존재의 밑바닥을 차지하고 있는 허무와 불안과 두려움을 직시하는 시간들이 길고 힘들었다.

극과 극은 만난다고 했던가.

돌아보면 올해처럼 찬찬하게 봄날을 맞이하고 보낸 적이 없었다. 꼼꼼히 꽃의 속살을 들여다본 적도, 하늘로 눈길이 자주 간 적도 없었다.

소설집을 준비하는 과정에서 빌 게이츠의 "아름다운 성찰"이라는 메시지를 만났다. 지구인들이 처한 이런 상황들이야말로 자신을 점검하는 위대한 교정자라는 그의 말

에 공감했다. 그리고 문학이 지속적으로 나를 성찰하게
만든 교정자였음을 다시 확인했다.

제각각의 색깔로 잎을 틔우던 나무들이 동색으로 어우
러지는 앞산을 바라본다. 그 속에 깃들어 살고 있을 수많
은 생명을 상상하며 봄 내내 던졌던 질문을 다시 해 본다.

인간은 이 신비로운 초록별에 과연 어떤 영향을 주는
존재인가?

동시대를 살아가는 여러 인연들에게 감사드리며 모두
의 성장을 빈다.

오래된불씨

ⓒ 2020, 고금란

지은이	고금란
초판 1쇄 발행	2020년 07월 20일
펴낸곳	호밀밭
펴낸이	장현정
소설선 기획위원	박형준, 임명선, 차선일
편집	박정오
디자인	최효선, 전혜정
마케팅	최문섭
종이	세종페이퍼
인쇄제작	영신사
등록	2008년 11월 12일(제338-2008-6호)
주소	부산 수영구 광안해변로 294번길 24 지하1층 생각하는 바다
전화·팩스	070-7701-4675, 0505-510-4675
전자우편	homilbooks@naver.com

Published in Korea by Homilbat Publishing Co, Busan.
Registration No. 338-2008-6.
First press export edition July, 2020.
Author Ko Kume Ran
ISBN 979-11-970222-5-8   03810

이 도서의 국립중앙도서관 출판예정도서목록(CIP)은 서지정보유통지원시스템 홈페이지(http://seoji. nl. go. kr)와 국가자료공동목록시스템(http://www. nl. go. kr/kolisnet)에서 이용하실 수 있습니다. (CIP제어번호: CIP2020023398)